溜冰場上的師姐妹

「和孩子一起溜冰，多有趣。」溜冰老師聽說我們有興趣，比我們還要熱心，立即安排了時間，美其名曰親子班。於是我與女兒做了「同學」，給同一個老師教，同樣在星期天上課，我叫女兒「小師姐」。女兒牽着我的手踏上冰地，陪着我在冰上蟻行寸進的當兒，一邊說：「媽媽努力加油，我會照顧你的，你放心。」

雲想衣裳花想容

女兒參加了幾次生日會後，見多識廣，會得要求生日禮物。她要求的生日禮物，是一條粉紅縐紗，鑲着小玫瑰的篷篷裙，就是那種像新娘子的婚妙，又像跳拉丁舞的舞衣。她最初不敢相信我真的肯給她買，後來又不知甚麼時候才可以穿上這條裙子。生日會？溜冰？上音樂課？學校裏的化妝舞會？都可以，媽媽回答。去公園，上市場，逛百貨公司，只要她喜歡，她覺得體面，都可以。穿給嫲嫲欣賞更可以。

孫悟空法寶大搜尋

自從看了卡通片的大鬧天宮後，女兒就迷上了神氣威武，會得七十二變的孫悟空。有一天下午，我帶她到文化中心，香港舞蹈團的《西遊記》舞劇在大堂上預演，之後還有個「齊齊扮孫悟空」的活動，由化妝師替小孩子畫猴子臉譜，女兒有幸扮成個孫悟空，與舞劇中的孫悟空、豬八戒和鐵扇公主合照。嘩！她樂陶陶的興奮得陷入半昏迷狀態。

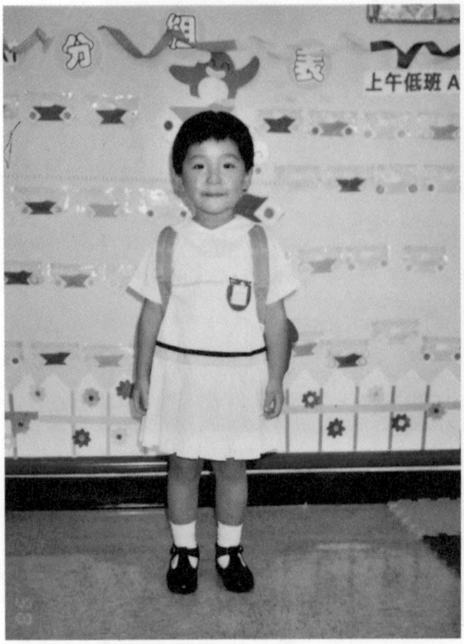

我大個女了！

開學日的早上，女兒一骨碌起了床，忙碌地洗臉刷牙吃早餐，穿衣服襪子鞋子。我彎身要幫她扣鞋帶，她推開我的手說：「唔駛啦，我大個女啦！」她成功地扣好鞋帶，然後快樂地背着個比以前更大的書包出門。遇到大廈管理員，問她：「小妹妹，開課了？」她頭仰得高高的，神氣地答：「我大個女了，現在是低班姐姐！」回到學校，首先經過幼兒小組和幼兒班的課室，她探頭張望一會，說：「媽媽你看，那些小桌子和小椅子，是給BB仔坐的。」開學第一天是迎新日，家長可以陪着，「嗄，讀低班還要媽媽陪上課？」她的反應還真激烈。

壽頭，你在哪裏？

壽頭是一條灰黑色的史納沙小狗，漂亮精靈，配上這樣一個惹笑的名字，更見得意和突出。女兒與壽頭熱熱鬧鬧的過了一年。壽頭不會吠人，只是哎哎哎的叫，聲音響亮，不能自制。只在屋裏又跑又叫的小狗，居然讓某戶貴鄰受驚了，向管理處投訴。結果是，有一天，趁女兒在洗澡，爸爸把狗抱走了。她最初相信壽頭生病，在獸醫那裏住院。我覺得不該繼續詛咒壽頭，只好說出實情，壽頭避難去了。又過了一個月，再吐露一點，收養壽頭那家人的小孩子都喜歡壽頭，他們捨不得壽頭走。「但是我呢，媽媽？」女兒眼淚汪汪的問。

慈父嚴母，維持平衡

爸爸不是神仙，是個好人——好玩又好用。女兒喜歡拿爸爸開玩笑，如果她要扮孫悟空或者花木蘭，爸爸就要做挨打的牛魔王或單于，媽媽卻是觀音、佛祖或皇帝，神聖不可侵犯。女兒如果不肯走路，爸爸就是她的烏騅赤兔，她坐在爸爸的頸背上，催着馬馬走快些。

小事情看出了大問題

小孩子跌倒了，除了喊痛，也會在媽媽懷裏撒嬌發嗲，這是很正常的事，怎麼我女兒跌倒了，不敢喊痛，反而要向我道歉，連聲的對不起？是的，她怕我生氣。在溜冰場上，如果她做了一個自認為難度高的動作，老師都說好，她爸爸忙不迭的鼓掌了，她卻一定要我也說好，向她豎起兩隻大拇指，這才稱心滿意，笑靨如花。如果我有些不同意，她會一而再，再而三重複那個動作，直到我點頭為止。從女兒跌倒這件事看來，反映出我對她過嚴，壓力過重。我這個嚴母角色要及早調整一下，以免悔之已晚。

「媽媽，我想坐飛機！」

每隔一段日子，她想坐飛機去旅行的毛病就會發作。有一次她坐在馬桶跟他爸爸說：「我喜歡日本的廁所，一按就有熱水洗 pat pat，pat pat 多乾淨。」爸爸問：「你想去哪裏旅行？」「奧地利！」女兒想也不想就說出來，「我要像瑪利亞一樣，在山上唱 The Sound of Music。」她爸爸覺得她可憐，我則覺得她可恨。奧地利？嗯哼，真是愈想愈遠了。

女兒喜歡旅行，一來是爸爸媽媽廿四小時與她在一起，此外有幾次出門，為了遷就她，都選擇陽光海灘的地方，讓喜歡嬉水的她，盡情樂個夠。而度假式的旅行，吃喝玩樂都很隨意，連小孩都感受到那份輕鬆自在，難怪她每隔一段時候便要「病發」。

為兒女做個好榜樣

我們教導小孩子，總要他們誠實、正直、守規矩，還有保持清潔、愛護環境以及戒貪心、戒懶惰之類。有人認為這種德育很老套，記得有個媽媽聽到我向女兒講施比受更快樂的道理時，大不以為然，她認為這會令孩子變得不珍惜、無所謂，慷慨大方的結果是自己一無所有。她說：「比喻說金錢，當然是自己愈多愈好，為甚麼要分給別人？」我說：「這個我倒不擔心，除非她智力有問題。」

女兒的俠義精神

學校的老師稱讚小女，說她有正義感，好打不平，遇到不合理的事情，敢於出頭。我一邊聽一邊點頭，一邊笑一邊說：「唉唉，她以為自己是孫悟空，專門對付妖怪壞人，路見不平，就要拔刀相助……」小女做大人物也好，做小人物也好，一句話，平安是福。只是，女兒不可能永遠的四歲，永遠在幼稚園。她長大後，未知面臨何種環境，但是一味的所謂正直、俠義，肯定會碰得她一頭一臉的灰（不敢說是血）。這時候也許就是讓她開竅，洞悉世情奸險的時候了。

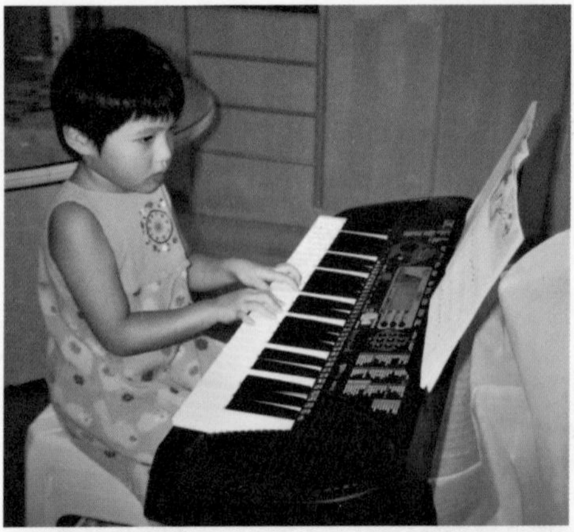

同時同步 向難關挑戰

女兒看了我一眼，輕聲說：「媽媽，你又不好看了。」女兒希望我做「靚女」，是因為靚女如聖母或觀世音，慈眉善目，溫言細語，永遠的一團和氣，永遠不會罵人。如果我是靚女，她就不會挨罵了。事情是這樣的，由於自知性子急，欠耐性，碰着步伐慢三拍的女兒，我總會不由自主的火冒三丈。「都是你！」我放軟了聲音，「我上廁所，你繼續練習。」到廁所洗了把冷水臉，又轉出露台深呼吸兩口，覺得心平氣和了，這才慢慢踱回女兒的身邊，陪她練習鋼琴。

BB 仔與大個女

BB 仔的確長大了，她腳踏實地，眼看前方，隨着學識的增加，信心為之爆棚。由於信心十足，她敢於發表意見，據理力爭；可是人微形小，敵眾我寡——例如爸爸媽媽和老師聯手對她施壓力，迫她在背心裙外穿外衣，她會鬱鬱不歡，情緒低落。換句話說，她有自己的意見和說法，有自己的情緒和心事，她正在自我獨立和完善的路上啟步。

我家有個小戲迷

沒想到女兒對中國傳統戲曲有興趣，我一則以喜，一則以煩。喜的是她眼界得以擴闊，並不局限於卡通人物，煩的是我必須陪她看戲、解說內容以及戲曲獨特的唱說語言和形體動作。例如花旦戲《掛畫》、《小上墳》之類，有唱有做，載歌載舞，而且女主角的打扮都很漂亮。不過，就是在解釋劇情上，要多費周章。

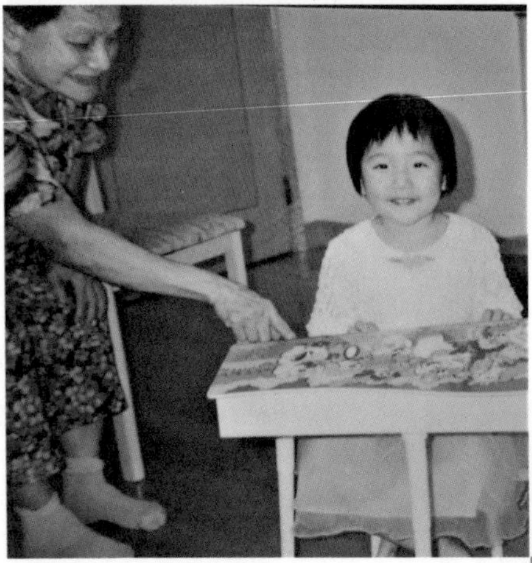

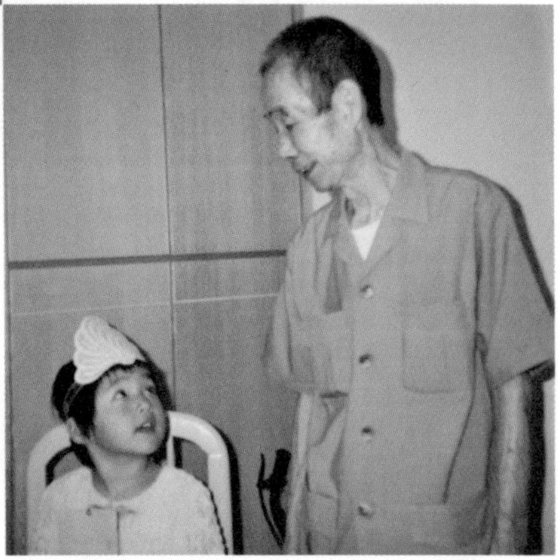

好為人師，誤人父母

女兒喜歡扮老師，她的學生本來是爸爸和媽媽，但是爸爸下班回家已很晚，至於媽媽，有時候是個好學生，大多數時候太威嚴，老是捉小老師的錯，讓小老師很沒面子。她終於找到兩個模範學生了，又聽話，又肯讀書，又會回答問題。他們一個是爸爸的媽媽，一個是媽媽的爸爸，也就是女兒的祖母和外公。他們疼孫女，肯讓她擺佈，又因為年紀大了，不願走動，於是成為女兒眼中最好的學生。

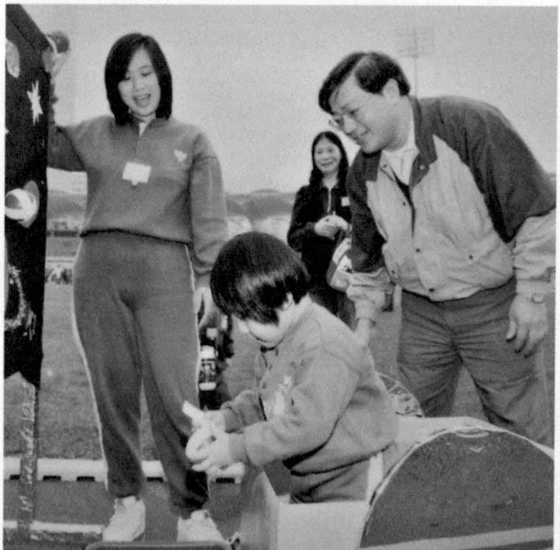

在維多利亞幼稚園的日子

女兒的學前教育階段，由幼兒小組至幼稚園高班，歷四年時間都在維多利亞幼稚園度過，汲取基礎知識之餘，也有不少歡樂，譬如每年的親子運動會和旅行，亦參與35周年校慶「紅館」匯演，又在聯歡晚宴跟穿著校服的孔美琪校長合照，留下珍貴的回憶。

月亮燈燈
李洛霞

前言

何雍怡

上一本書《兒女經》的主角長大了，話說得更多，古靈精怪的想法和問題也更多。承接前書所紀錄的時期，此書的我已有四、五歲，上了幼稚園，學習能力開始發展，懂得以有限的知識和邏輯思維表達自己所思所想，正值「人細鬼大」的年歲，或用作者的說法，是「好辯駁」，常常弄得她哭笑不得。閱讀自己當時的言行，忍不住邊看邊笑，想必母親也有同感。

我們家向東，旭日初升、月圓月缺都看得清楚。很多個晚上，母親和我躺在牀上看月亮，她輕輕地搔撓我的背脊，輕輕地哼唱兒歌哄我入睡，這時我的思緒便會飄呀飄，飄到遠方的海岸，飄到月亮之上……我眼中的月亮就是月亮燈燈，抬眼可見，可望不可即。當我依依呀呀，嗚嗚嘩嘩之際，只要看見月亮燈燈便會安靜下來，它有無比的魅力，讓我温馴服貼。

沒有母親的紀錄，我都忘了以前對孫悟空情有獨鍾，我喜歡他能夠駕霧騰雲、聰明伶俐，又有七十二變，對我這朵温室嬌花而言，巴不得隨心所欲、翻個跟斗便去到十萬八千里外的世界。如今我當然有能力靠自己一闖天下，只是再無當年手握伸縮棒、在沙發上跳來跳去扮演孫悟空的興致了。骨子裏追求刺激感的我，至今仍對怪力亂神的東西着迷，想想若世上真有法術和超能力的話，該多有趣啊！〈孫悟空法寶大搜尋〉

除了美猴王，花木蘭也是我當年的心頭好，動畫片百看不厭之餘，還特地買了她的坐騎回家，那隻毛公仔大約有我一半高，可惜屬於只能遠觀，而不可褻玩，當我樂得忘形把它當作真馬騎了上去，正要衝向前鋒殺敵之際，馬兒的後腿瞬間向兩側彎曲，內裏的纖維再也不能回復原狀，好端端的戰馬成了八字腿，只好讓它提早退役，放到玩具櫃中當裝飾品。〈我家有個小戲迷〉

書中多次提到嚴母慈父，是的，直到現在，我天不怕地不怕，最怕的還是母親。她不會大庭廣眾破口大罵，卻會以眼神或嘴角微揚的面部表情，告訴我：回家有你好受。成長過程中，我學會了鑑她的貌、辨她的色，她常說我「動一動眉毛」都知道我心中所想，其實我又何嘗不是？廿多年的相處，我倆早已把大家摸得通透，沒甚麼事瞞得過對方。小時候懼怕她的「籐條餐」，往往她一拉下臉，我便乖乖住嘴；漸漸到了反叛期，會刻意無視她的表情，自顧自說下去；到如今人大了，又會對她有所顧忌，事先衡量甚麼該說、甚麼不該說，免得她不高興的同時，又弄得自己心煩。你說，這是成熟了還是城府深了？是好事還是壞事呢？

至於父親，他對我從來沒有脾氣，或者說，他對誰都沒有脾氣。這位好好先生在家裏的地位排行第三，也難怪，以中國傳統生肖或是西方星座來看，母親兩者都佔盡強勢，我則一半半，而屬兔的父親面對家中一龍一獅，怎麼看都處於弱勢。唯一令他提高聲量的，便是當母親責罰我，我無處可逃只能躲到他背後的時候，我們仨便會在家中上演一齣「麻鷹捉雞仔」的戲碼。

有段時期，父親的角色是作我的傳聲筒，我有甚麼不敢直接向母親提出的，都會先告訴父親，由他在我上學後傳達給母親。記得唸小學的時候，每天都要給家長簽手冊，我就讀的學校在記「優點」或「缺點」之前，先有「剔」和「交叉」，三個剔為一圓圈，三個圓圈才是一優點；同一道理，三個交叉之後是一個三角，三個三角後才是一缺點。我不是壞學生，但相比小學老師心中的乖學生形象，上堂會與同學說話、「傳紙仔」的我也足以在手冊的紀律欄上獲得一個交叉。對我來說，交叉不可怕，可怕的是母親一旦發現，我或要吃一頓「籐條炆豬肉」，於是簽手冊這個重要任務從來都由父親擔當——今日回想，拿了交叉的事，其實是母親裝着不知道。〈慈父嚴母，維持平衡〉

某些看來很複雜的事情，我居然已有點認知，現在看來都覺得驚訝。例如「民主」和「投票」的概念，從電視新聞上聽到這個詞語，不解，便問大人。得到答案後，竟然活學活用，在生活上實踐，還會質疑代表權威的成年人「不民主」，雖不至於當眾大聲抗議，但也感到又生氣又委屈，若放到現在，不知會否被好事之徒說是「教壞細路」？〈民主與發言權〉

說起來，還真想念當時簡單的世界觀，非黑即白，非善即惡，沒有中間的灰色地帶。

有其女先有其母，母親是個「路見不平、拔刀相助」的人，遇到看不過眼的事，她會第一個出聲，據說因此撞板不計其數。父親則是以和為貴，他不是對不義視而不見，只是不喜歡衝突，然而到了緊要關頭，他必會挺起胸膛來直面。他們二人的性格互補，對於母親這麼衝動的人，正需要冷靜的父親在後面拉住，免她碰得一臉的灰。

耳濡目染，我眼中亦容不下恃強凌弱的事，母親稱之為「俠義精神」，多麼動聽！其實說到底，是我一直都以真心對待這個世界。很多人在成長過程中，待人處事會變得謹慎，加重防範之心，而我一直在父母的羽翼下長大，無風無浪，不必一心兩用，學習虛偽，這是我的幸運。儘管我對人性本善抑或人性本惡不置可否，我還是首先以真心待人。可憐人必有可恨之處，於我則是可恨人必有可憐之處。這樣的性格，熟悉我的友人不只一次問到：「你就不怕信錯人？」甚至語帶呵斥地說：「你這樣容易受傷！」我每次都回答：「信錯人的話，痛苦的只有我，但我就是這樣，沒辦法。」幸好生存在這個世界四分一個世紀以來，

多得父母的保護，我還真的未曾因此受過太大的傷害，這也是我能一直抱有「赤子之心」的原因吧！〈女兒的俠義精神〉

從牙牙學語到好辯駁、從黏著要母親抱到掙開她的手要自己上學去，面對我的成長，母親只覺光陰如梭，既想我快高長大，又不捨我一旦羽翼豐滿舉翅不回顧，這樣的一腔喜悅和無奈，她盡書其中，而今成了我們一家三口珍而重之的紀錄。

感謝父母的養育和陪伴，成就了今天的我。願我一直保有誠摯的真心，願我在生命中極其迷惘的時候，《兒女經》和《月亮燈燈》都能像驚濤駭浪中固定船舶的錨，令我記起最純樸的我。

二〇二一年四月六日

目錄

月亮燈燈

溜冰場上的師姐妹

家居附近有個溜冰場，每次經過，女兒都賴着不肯走，首先是憑欄觀望，然後是手舞足蹈，場內的人在冰上滑溜，場外的她在石板地上奔跑，或張開雙手作鳥飛，或抱胸單腿旋轉，然後每天都問同一個問題：「媽媽，一定要三歲才可以學溜冰嗎？我明天生日可以嗎？」

看她實在喜歡，於是在她生日前半個月帶她去報名，我對登記員說：「她下個月就滿三歲了。」

登記員回答：「相差一兩個月沒關係，我們有些學生只有兩歲半。」

但是章程上不是白紙黑字寫着兒童班由三歲開始？沒想到這個關卡如此寬鬆，我回頭看女兒，她在掛滿溜冰舞衣的衣架堆裏穿來插去，興奮雀躍，若讓她聽到登記員的説話，恐怕又會橫着眼笑我一句：「蠢媽媽！」

蠢媽媽留下了通訊電話，母女倆自此日夜等消息，因為登記員説過，學員人數少未必成班，人數太多又未必編排到我們申請的那一班。

有天早上，爸爸的手提電話響起來，看他神情和對答，事情大有希望。果然一切如願，溜冰學校通知女兒準備上課。

女兒的高興難以形容，想想都要笑，半夜裏會爬起牀問：「明天太陽伯伯出來時，已經是星期天了嗎？」

女兒上溜冰課的時間是星期日上午八點半，為此這一年來我們早已不知星期日睡懶覺是何物，但是親眼目睹她在學習過程中有所進步，從老是跌倒，到與小朋友在冰上追逐嬉戲，亦的確是一大欣慰。

有一天，幾個小朋友的媽媽商量起來。

「反正都要花時間陪太子讀書，不如一起讀吧！」

「有時看她跌倒，痛得哇哇哭，心裏就痛，如果我會溜冰，就可以進場照顧她了。」

「和孩子一起溜冰，多有趣。」

我看到女兒與幾個小朋友分成男女兩組在吵架，女子組雙手叉腰罵幾個比她們稍高的男孩，男孩拾起地上的碎冰扔她們，女子組生氣了，像火車頭似的向男生們衝過去，互相推撞，紛紛倒地……。如果我會溜冰，這一幕肯定不會發生。

溜冰老師聽說我們有興趣，比我們還要熱心，立即安排了時間，美其名曰親子班。於是我與女兒做了「同學」，給同一個老師教，同樣在星期天上課，我叫女兒「小師姐」。

小師姐的稱號可不是白叫的，因為在練習的時候，我這個老師妹還真的要向她請教，要她示範前進後退和煞停動作。有時候她看我做得不錯，會豎起兩隻大拇指以示獎勵，情況和她學溜冰初期，我給她打氣鼓勵一樣。只不過，我給她的還有責罵和譏諷，她沒有把這些回報給我罷了！

學溜冰，免不了會跌倒，看女兒和其他小朋友一天跌倒幾十次，跌得砰然有聲，一骨碌就爬起來，拍拍身上的冰屑，轉眼又溜到別處，可能在別處又跌倒了，仍然若無其事，笑嘻嘻的又站起來。我們都說，學溜冰首先要學跌倒，會得跌才不會痛，不會傷到重要部位，溜冰老師也是這樣教我們。

道理儘管明白，實行起來卻完全是兩回事，我們這些愛子心切的媽媽，雖然勇敢，卻不靈活，何況要跌起來，電光火石間，人就躺在冰上了，哪裏還有跌倒前想一想該怎麼跌的準備功夫。

我的同班同學，一個傷了尾龍骨，在家休養十天，至今還要定期看骨科。另外兩個同學觸目驚心，自動輟學。我呢，上了四節課，四腳朝天的跌倒兩次，每次都讓女兒看到了，趕過來要扶我，一邊安慰我：「媽媽不要怕。」

每跌一次，當時是攤在冰上，腦裏一片空白，事後渾身痠痛，信心漸失，上冰場竟有上刑場的感覺。這裏痛那裏痛時，猛然想起梁實秋的〈中年〉，大意是人到中年，有所為亦有所不為，例如溜冰之類就不要勉強。唉，這樣的好話我怎麼忘記了呢。我對女兒說：「媽媽害怕，媽媽跌不起呀。」

「多練習幾次就不會跌了。」

女兒催我套上溜冰鞋，牽着我的手踏上冰地，陪着我在冰上蟻行寸進的當兒，一邊說：「媽媽努力加油，我會照顧你的，你放心。」

親子活動變成恤老活動，真沒想到！

雲想衣裳花想容

女兒參加了幾次生日會後，見多識廣，會得要求生日禮物。她要求的生日禮物，是一條粉紅綉紗，鑲着小玫瑰的篷篷裙，就是那種像新娘子的婚紗，又像跳拉丁舞的舞衣。漂亮是極漂亮的，肯定是每個小女孩夢想中的華麗衣裳。問題是中看不中用，又沒有人請她做花女。

她爸爸悄聲說：「就算是生日禮物，也不過是生日那天穿幾個鐘頭。」換了是別的日常衣服，再貴幾倍都已買了，只是這件童話裏公主穿的裙子，買了又向誰表演呢？她爸爸是實用主義者，我恐怕也是。

但是為甚麼我獨個兒走進商場的時候，又故意繞到這間童裝店，向這件公主衣服再三打量？

溜冰場上，初學溜冰的小玲鬧情緒，嚷着要回家，小玲媽大動肝火，末了小玲被打一頓，哭哭啼啼回到溜冰場，好像被推上戰場的童兵。

我勸小玲媽：「不能威迫，只能利誘。」

想我家大小姐也曾有過類似情況，我初則以糖果作餌，後來帶她看溜冰表演用的舞衣，答應她只要有進步，就送她一件，這方法比糖果更有效。

小玲媽笑道：「我女兒就是為了這種裙子，才吵着要學芭蕾舞和溜冰的呀！」

說話時，一團紫色的雲一溜煙的飛過。這女孩，大約在半年前起，每次上溜冰課都穿上一條紫色紗裙，上面綴着金色花朵。一層一層的輕紗如紫色的波浪，金色的繡線在紫色的雲海裏盪漾，她在冰上滑動時，好像一朵會飛的蓮花。

這女孩，挽起裙角在人叢裏走過時，亦昂首挺胸，顯得信心十足。她比我女兒稍為年長，而溜冰技巧的精湛，何止一點點。這大概，或者，與她一身漂亮的打扮有關？咦，我對我家大小姐的承諾呢？

女兒的夢想成真了。

她在牀上輾轉反側，想想笑笑，笑笑又想想，半天都沒睡着。我開口罵了，她挨身躺下，可是一轉身，又坐起來抱着我笑，口裏癡癡的呢喃：「媽媽。噢！媽媽。」

自從櫥窗裏掛着的粉紅色玫瑰紗裙在她牀前掛起來後，女兒就有些傻了。

她最初不敢相信我真的肯給她買，後來又徬徨於顏色、花樣和長短；這件釘了珠片，那件有些寶石……真是千頭萬緒，捨不得，放不下，小人兒從來沒有這樣煩惱過。她好不容易終於做了決定，要一件粉紅色的玫瑰紗裙。在我對售貨員說OK時，她忽然緊緊地抱住我，小腦袋在我身上擦，口裏伊伊哦哦的叫媽媽，售貨員都笑了。

媽媽心裏酸酸甜甜的想哭。

媽媽小時候也曾盼望有這樣一條裙子。

回家的路上，女兒堅持要自己拿衣物袋。她捧着她的美麗和驕傲，走得很慢。

接下來的問題是：甚麼時候才可以穿上這條裙子？生日會？溜冰？上音樂課？學校裏的化妝舞會？

都可以，媽媽回答。

去公園，上市場，逛百貨公司，只要她喜歡，她覺得體面，都可以。

女兒換上睡衣，躺在牀上，笑看着眼前的紗裙，她愈來愈覺得自己像個公主。

當時間過去，也許就在兩三年後，她也會像她的小表姐一樣，嗤笑這種篷開的紗裙老套俗氣，但是在今天，她夢想成真，於願已足，有甚麼比及時得到的快樂更快樂？

女兒終於睡着了，仔細看，好像還捉得住她夢裏的一朵微笑。

這一刻手牽手，心連心

深夜，爸爸回來，躡手躡足進房間看女兒。他以為女兒睡着了，俯身看女兒的睡相，豈知女兒咭一聲笑了出來……

「咦，你怎麼還沒睡，幾點鐘了？」爸爸問她。

「咦，你怎麼現在才回來，幾點鐘了？」女兒細聲細氣的反問他。

「爸爸有應酬，約了朋友吃晚飯，所以遲了回家。」

「十二點鐘了，外面有壞人，有狼媽媽出動，爸爸下次早些回來，在我睡着之前就要回來。」

「好的。」爸爸一口答應。

女兒大概覺得她爸爸口角春風，說話沒有誠意，進一步說：「爸爸，下次你跟你的朋友說，BB在家裏等着你，所以你要早些回家，知道嗎？」

「知道了，公主小姐。」爸爸的語氣果然慎重些了。

女兒在牀上躺了一會，又坐起來，嬌聲嬌氣的問：「爸爸，下次你和朋友吃飯，帶BB一起去，好嗎？」

「好——噢！不行，爸爸這次吃飯，有正經事要辦，喏，等於開會，一邊吃飯一邊說話。」

「但是我又不吵着你們。」

「但是我們開會開很久，BB是小孩子，要早睡早起，明白嗎？」

女兒嘟起嘴說：「我參加同學的生日會，每次都帶你去，偏偏你的不帶我去，是你不明白。」

我看他兩父女夾纏不清，再東拉西扯說下去，天都要亮了，便把女兒按下，要她閉上眼睛和嘴巴，又趕她爸爸去洗澡，爸爸作無奈狀，歎着氣轉身要走，豈知女兒又喊了他一聲：「爸爸。」

爸爸轉回來，女兒伸手在他臉上摸了一下，小聲說：「爸爸，BB掛着爸爸，下次你早些回家。」

爸爸感動了，停了兩秒才會得回應：「好，爸爸答應BB。」

女兒放心了，微微一笑，不到五分鐘已打起呼嚕，睡熟了。

「這小鬼頭愈來愈古靈精怪。」爸爸笑道。

「你可別敷衍她，她的要求很合理。」我為女兒辯護，「孩子大得快，只怕過幾年你要陪她，她還嫌你礙手礙腳呢！」

我不是恐嚇女兒的爹，這的確是實情。記得去年聖誕節，公職繁忙的女友推掉了所有應酬聚會，她的丈夫也特別放下生意，自上海趕回來，目的是要給兩個兒子驚喜，陪他們過一個快樂聖誕。兩夫婦計劃廿四號晚上先吃豐盛大餐，然後在尖沙咀碼頭漫步，觀賞兩岸燈飾，廿五號一家四口深圳一日遊。女友放假前夕喜孜孜的透露節目和行程，我祝她們有個愉快假期。

假期過後，再見到女友，問起她的快樂聖誕，豈知不提則已，一説起她馬上眉毛倒豎，怒氣沖沖。

她那位十三歲的大公子，聽説爸媽要陪他，很是為難，吞吞吐吐的説出實情，他約了同學看電影、海灘燒烤。他那個同學，還是他心目中的女朋友，兩人初次單獨約會，希望不受外人騷擾。

六歲的小兒子比哥哥爽快，乾脆一口拒絕。他平日由保母照顧，連假期都要跟着保母，已約好和保母一家人吃飯看燈飾。

第二天，天亮才回家的大兒子蒙頭大睡，哪裏都不去了。小兒子吃過早餐又隨保母一家人去踏單車，留下女友兩夫婦，大眼瞪小眼，她形容自己的心情不單單是一場歡喜一場空，而是沮喪、失落，欲哭無淚。

但是孩子長大了，有自己的生活，與父母在形體上的距離日行日遠，也是必然的事。只要想到有這一天，女兒總會因這樣或那樣的原因離我遠去，我就會再三提醒自己，必須珍惜這一刻。這一刻，她的天地很小，她眼裏只有媽媽爸爸。媽媽爸爸不把握機會陪她多一些，疼她多一些，更待何時？只怕錯過了就追不及了。

他們也知道生老病死

我一向走路快，常讓孩子連跑帶跳的跟着，有一次她絆倒了，爬起來後，怪委屈的說：「媽媽你可不可以走慢些？」頓了頓，她又說：「將來你老了，我也會陪着你慢慢走。」

當時的感覺，如被人當頭打了一棒，好半天才會得回答她：「BB說得對，現在我陪你，將來你陪我，我們手拉手慢慢走吧。」

「好。」女兒歡喜地答應了，走了兩步，抬頭問：「你會不會像嫲嫲一樣腳痛？」

「嫲嫲有關節炎，所以痛，走路也慢。如果媽媽老了，有關節炎，那也沒辦法。」

「我不要你老！」

「人總會老，會生病……」

女兒搶着問：「是不是很老很老之後，就會 die，就會去見 Buddha？」

「是的。」我語氣堅定。既然她知道了，就不該瞞她，也不要顧左右而言他。

電影《國王與我》裏面，有一齣戲中戲，講一個喜歡笑的女丑角依華最後為了救人而犧牲，她一步一步踏上通往天國的樓梯，依偎在佛祖的腳下，擺出一個美妙的姿勢，最後頭一側就死了。

女兒最喜歡這齣舞台劇，她把木製的佛像和小凳子搬出來，又模仿劇中人的舞姿，舞到最後，也必是學依華一樣，一邊抹眼淚，一邊登上小木凳，翹起腳，身子緊靠佛像，然後頭一側——然後是等我們的拍掌叫好。

後來我發覺她有許久不表演這齣戲了，忍不住問她，她說：「我不要做 little Eva。」

「為甚麼？」

「因為 little Eva 要去 Buddha 那裏，我不要去。」

「為甚麼？」

「去見 Buddha 就不可以再見到爸爸媽媽了。」

「為甚麼？」

「因為 little Eva 死了。」

女兒這個年紀，喜歡說話，常常長篇大論，不能自休，我每每要點着她額頭說我現在要關掉收音機了，不許再有聲音。但是關於 little Eva 去見佛祖這個情節，居然是我問一句，她才說一句，這裏面肯定有問題。生死大事，我們從沒在她面前討論過，她又從哪裏知道生離死別的淒涼？

有一次家庭聚會，我給小朋友們一本蝴蝶圖畫冊子，要女兒和小表妹填顏色，比女兒小幾個月的哇哇表妹忽然指着一隻大蝴蝶說：「這是我爺爺，我嫲嫲說的。牠常在我家露台飛來飛去，有時還會飛進屋裏，嫲嫲說爺爺來看我們。」

「原來你爺爺死了之後變成蝴蝶。」女兒很是驚奇。

「呀，好人死了變成蝴蝶，壞人死了就變成甲由。我爺爺是好人，他死了就變成漂亮的蝴蝶，回來看我們。」哇哇表妹說得煞有介事，後來又有些傷感，「不過，我爺爺真的很老很老了，他頭髮全都白了，一條黑頭髮都沒有，所以他死了。」

家庭聚會，外面酒樓吃飯，到尾聲時，少不了有甜品，夥計把紅豆沙、核桃露、芝麻糊每樣幾碗放在桌子的轉盤上，女兒要了芝麻糊，圓盤轉了一圈後，再回到我面前時，只剩下核桃露，我要了一碗。

「媽媽，你吃這個。」女兒自她碗裏舀了一匙芝麻糊，送到我嘴邊，非要我吃下不可。

爸爸坐在桌子的另一端，女兒顫危危的把滿匙黑色芝麻糊送進她爸爸嘴裏。大功告成後，女兒很覺安慰，聲調都愉快起來，「媽媽爸爸，你們白色的頭髮，很快會變回黑色了。」

孫悟空法寶大搜尋

到雜貨店買籐條，狀似江湖好漢的夥計拿了一根筷子粗幼的給我。在手裏掂了掂，輕飄飄的沒份量。我問有沒有粗重一點的，夥計瞄瞄小女兒，抬眼看我，神色不善的說：「夠了吧，你女兒才多大，要不要買條大木棍對付她呀？」

離開雜貨店，一路上我盡在埋怨：「都是你不好，那個叔叔差點要報警，告我虐待兒童了。」

女兒揮舞着籐條，神氣地說：「媽媽不要怕，我會用金箍棒對付他！」

自從看了卡通片的大鬧天宮後，女兒就迷上了神氣威武，會得七十二變的孫悟空。她重複觀看這齣錄像片，仔細觀摩孫悟空的舉止言語，又在書架上找到《西遊記》，要我一節一節講給她聽。公共圖書館的圖畫《西遊記》都給她借閱過了，電視台適時播《西遊記》劇集，這個被改編得面目全非的《西遊記》，我們母女倆定時收看，捧腹大笑。

有一天下午，我帶她到文化中心，香港舞蹈團的《西遊記》舞劇在大堂上預演，之後還有個「齊齊扮孫悟空」的活動，由化妝師替小孩子畫猴子臉譜，女兒有幸扮成個孫悟空，與舞劇中的孫悟空、豬八戒和鐵扇公主合照。

嘩！她樂陶陶的興奮得陷入半昏迷狀態，因為她幾乎不會說話了。她不肯卸妝，大熱天氣下頂着個大花面回家，紅彤彤的臉又是油又是汗，糊成一片，她嫲嫲乍然看到，嚇得半暈，驚叫起來：「你怎麼發燒了，看你燒成這個樣子！」

女兒對孫悟空的熱愛，的確到了發燒程度，她模仿孫悟空的言行，走路時一拐一拐而速度奇快，眼皮眨巴眨巴而眼珠溜溜的轉，不時用手探額四處觀望，陡地回身，對父母說：「前面沒有妖怪，可以放心！」神氣威嚴，語氣篤定。

她的表妹迷超人，兩個小不點一旦碰頭，便是一場好戲，一個口裏說着甚麼光，一個口裏唸着變變變，中西大戰的結果，往往要大人做好做歹的分開她們，雙方不分勝負，都有精神勝利的感覺。

但是一根竹筷，實在不像孫悟空那個如意寶貝，女兒揮舞它，學孫悟空叫它「大、大、大」或者「小、小、小」，它還是那根輕飄飄的竹筷子。

在小食店裏，她看到寫完菜單的夥計，順手把那支筆掛在耳邊，馬上有了新發現，回家後照辦煮碗，不想又給罵了，她分辯：「孫悟空也是這樣！」很不服氣。

後來連我都耿耿於懷，一根可以伸縮的管子，像無線電的天線，像指揮家用的棒子，應該不難找到，我怎麼不去滿足一下她，做個活潑精靈的孫悟空有甚麼不好？

終於在書店裏買了一支老師用的教學筆給她，可以拉長和縮短的金屬棒，讓她喜孜孜的直到今天。

女兒對孫悟空的出生地很清楚，孫悟空是東勝神州傲來國花果山水簾洞的美猴王齊天大聖，至於她，她是亞洲中國近山傍水的美猴王齊天小聖。三叔叔是牛魔王、肥哥哥是大白鯊、表哥是白骨精，這都是她要對付的妖怪。至於爸爸，他是唐三藏，不過，不會唸金箍咒，媽媽是如來佛祖，好不好？我聽了這編排，很滿意，答應了。

這一天，洗好了衣服，要她幫忙掛起，這是她的暑假功課之一。她拿着金箍棒出來，在耳邊一摸，在唇上一吹，點着頭說：「得了，媽媽，很快就有許多個 BB 幫你忙……。」隨後就溜了。

女兒的疑惑

當我膝下猶虛時，不少親朋戚友勸我要孩子，有的認為延續下一代是人類的天職，有的認為有兒女的人生才叫做有意義，他們說：「最少生一個。」今天，我膝下不虛了，有個小人兒終日在身邊纏着，輪到她鍥而不捨的追問：「媽媽，你再生一個BB好嗎？」

女兒的同學嘉嘉和小茵，各有一個剛滿周歲的弟弟；還有小軒，他的妹妹兩歲了，會拉着我女兒的手，嗲嗲的叫她一聲「姐姐」，讓女兒甜絲絲的暈浪半日；小寧一家更了不得，小寧只有三歲，排行第三，她們一家共有四朵嬌花。

這些小朋友，除了在同一所學校讀書，課餘又在同一個溜冰場、同一個時段玩耍。平日上課沒有甚麼煩惱，到了上溜冰課時，問題就來了。

大家都是一家老少進場，小孩子在溜冰場上你追我逐好不高興，可是有的小朋友覷個空會溜出來，除了向父母撒嬌，更會逗弄一下嬰兒車裏的弟妹，親親他，疼疼他，摸摸BB的小手小腳。女兒往往跟着出來，一起呵護小BB。小BB的父母這時總會對女兒說：「你喜歡小BB，叫你媽媽生一個小弟弟給你吧。」又會勸我：「獨生女多寂寞，趁她年紀小，給她一個弟弟或妹妹，兩個人有伴。遲了就不好，怕會有代溝。」

我一口回絕，「不行，這世界人口太多了。繼續1+1等於2的話，人口問題永遠無法解決。」

女兒只把她聽得明白的話記在心裏，整天追問：「媽媽，你為甚麼不再生一個BB？如果我乖，你生一個給我好嗎？」

「就是因為你乖，媽媽才不再生BB了。」

女兒瞪圓了眼問：「為甚麼？」

「因為媽媽把全部100分的愛都給了你，如果有另一個BB，這個愛就要切開一半，一半給你，一半給另一個BB，媽媽就不能最愛你了。」

女兒半信半疑，側着頭想了許久，點頭表示明白，卻又問：「媽媽，但是我的愛呢？」

「你的愛不是都給了媽媽？」

「唉，媽媽，我有許多許多愛嘛！」女兒歎着氣說：「我又要給你，又要給爸爸，又要給嫲嫲、公公、表哥、三姨、姑媽……」

女兒自個兒演說，話題愈扯愈遠，我聽着聽着，忽然，有些醋酸在心頭發酵，禁不住對她大喝一聲：「喂，你的那些愛，分完了沒有。人人一樣？媽媽有沒有多一點？」

女兒暑假的新任務是每天給盆栽澆水，她最高興看到的是小葉芽在一夜之間抽高伸展。若非陪着她看花草，我也不能相信植物的生長能力如此強盛。

她跑來報告：「BB 仔樹葉又長大了，原來樹幹媽媽可以生許多 BB。」

「是的，那又怎樣？」我不動聲色反問。

「人就不可以了。」

「你怎麼知道？」

「人生了 BB 會肚子痛，會流血，還會死。」

「唔，不過，你怎麼知道，誰告訴你的？」我的驚訝可以想像。

原來在我們大人談天說地，口沒遮攔的時候，講了一個難產的故事，以為小孩子不明白，並沒避嫌，沒想到小傢伙把一籮筐八卦都記在心裏，一知半解的自以為是。

家裏的《育嬰百科全書》是她的常識指南，她知道懷孕女子的肚裏有 BB，這個小 BB 屈身盤腿在媽媽肚子裏吮手指。如果在家裏，在晚上，在女兒要睡覺的時候，她或者還會蜷縮一團示範一個BB模樣，要博爸爸媽媽一笑。

但是女兒畢竟長大了，有一天，她要爸爸躺下，不是拿聽筒給他看病，而是拍着他的胖肚子說：「你肚裏是不是有石頭？沒有？那是不是有BB？也沒有？唉，怎麼辦呢？」

「唉，爸爸媽媽，我靠自己了。你們看，我肚裏有個BB了。」女兒一鼓作氣，努力撐脹肚皮，一邊說：「你們看，你們看，我肚裏有個BB，就要出世了。以後，我自己有一個BB……」

男生女生不一樣

女兒上牀前，着她去廁所，她問：「我可以站着小便嗎？」

回說不可以。

「為甚麼不可以？」

「因為會弄濕褲子。」我說。

女兒立即反問：「為甚麼男孩子可以？」

男女有別這回事，女兒早在兩歲左右已模糊地覺察了，那時候她最喜歡看的一本書是《育嬰百科全書》，裏面有BB圖片外，還有男女裸身照片，解釋不同年歲的生理發育狀況。對於男女有別的性徵，女兒也曾好奇地問過為甚麼。我總是含糊其詞，然後裝作若無其事的把書掀到下一頁，誘她看活潑可愛的BB圖畫。

不是古老石山，認為男女授受不親，此事不宜問不宜知；也不想故作神秘，以免引起她更大的興趣，而是實在未有心理準備，又有些尷尬，不知從何說起，又應該說到哪裏為止。在未掌握好分寸時，惟有採取逃避的方法。

卻原來女兒在學校裏已學到了男女的起碼識別，帶他們上廁所的姐姐說：「男仔有條小水管嘛。」

一條小水管！學校裏的姐姐多風趣，閒話一句，就為難於啟齒的父母解了窘。性知識，原來可以用這種輕鬆有趣的方法去灌輸。

怪不得小寧的媽媽要把女兒送進男女校讀書了。她家有四個女兒，三個女傭，先生又常往外地公幹，她說自己一屋子女人，嚴重的陰陽失調，若不把女兒送到男女校去見識見識，只怕女兒長大了心理不平衡，凡事大驚小怪。她說的也有道理。

本來就有十萬個為甚麼的女兒，年歲愈長，問題愈多，她會問男生女生的校服為甚麼不一樣？女生可以穿裙子或褲子，男生為甚麼只可以穿褲子？為甚麼有的人是男，有的是女？

「為甚麼我是女孩子？」

「因為你漂亮。**Buddha** 將最漂亮的人變成女孩，少一點漂亮的就讓他們做男孩。」回答這問題時，是深夜牀上說故事的時刻，只有母女倆躲在房間裏談天說地，我於是胡謅了一個答案。

女兒沾沾自喜了幾秒鐘，忽地想起爸爸來，狐疑地問：「這麼說，媽媽和BB是靚女，爸爸就不靚了？」

其實在胡謅第一個答案後，我已馬上後悔了。假如她以為自己是天下第一美女，因此而嘲笑所有男孩，說他們是醜八怪，女兒豈不是馬上失去一半小玩伴？趁她有第二個問題時，立即補救說：「爸爸當然是靚仔。其實Buddha並不偏心，他也會把漂亮的人變成男孩，世界上有一半人是靚仔，有一半人是靚女，這樣才好玩，才公平，是不是？」

記得小軒媽說她那對小兒女每每為爭寵而吵架，都要做媽媽的最愛。可不知道會否把她當作魔鏡，每天問她：媽媽，媽媽，邊個最靚？

公平？女兒學會了這個詞語後，問題又來了。她看了卡通片的《花木蘭》，又會背幾句〈木蘭辭〉，可就不明白花木蘭為甚麼要女扮男裝，為甚麼女孩子不准上戰場。甚麼，女孩子還不許讀書？女兒驚叫起來。

「那麼，女孩子還有甚麼不准呢？」女兒瞪圓了眼睛，「這不是不公平嗎？」

「是的，這不公平，都是野蠻的男人想出來的主意，他們害怕女孩子比他們聰明，比他們厲害。不過，這是以前的事，現在情況好多了。」我這樣說，心裏如是希望。

有一天，《西遊記》故事說到唐僧師徒去到西梁女國，喝了子母河的水，師徒都懷了孕，腹痛難當。女兒聽到這裏，拍着手歡呼起來：「應該是這樣，男人也要生孩子才對。最好是男人生男生，女人生女生，這就公平了，媽媽你說是不是？」

唔，言之有理！

我大個女啦！

開學日的早上，女兒一骨碌起了牀，忙碌地洗臉刷牙吃早餐，穿衣服襪子鞋子。我彎身要幫她扣鞋帶，她推開我的手說：「唔駛啦，我大個女啦！」她成功地扣好鞋帶，然後快樂地背着個比以前更大的書包出門。

遇到大廈管理員，問她：「小妹妹，開課了？」她頭仰得高高的，神氣地答：「我大個女了，現在是低班姐姐！」經過停車場，她又高聲地向管理員姨姨宣告一遍。

一路上，興奮如麻雀，蹦蹦跳跳。大概愈想愈高興，走兩步便側起頭，向着我甜絲絲的笑，我問她：「甚麼事，低班姐姐？」她嘻嘻地笑出聲，又有些不好意思，低頭往前跑了。

回到學校，首先經過幼兒小組和幼兒班的課室，她探頭張望一會，說：「媽媽你看，那些小桌子和小椅子，是給BB仔坐的。」

低班學生的桌椅稍大了些，她看了很滿意，隨即要到隔壁的高班課室去看。比較一番後，向我報告：「高班和低班的桌子椅子一樣大小。」言下之意是：比起幼兒小組和幼兒班，她的輩分高了兩級；若與高班比，從課室用具看來，她這個低班姐姐差不多就與高班姐姐並駕齊驅了。

開學第一天是迎新日，家長可以陪着，第二天我故意問她：「要不要媽媽陪你一起上課？」

「嗄，讀低班還要媽媽陪上課？」她的反應還真激烈。

「怎麼，上兩次不是都陪着的？」

「唉，媽媽，那是幼兒班，那時我還是BB仔，現在不同了。」她沒好氣地攤着手說。從她的語氣和表情中，我讀到「媽媽真老土」的潛台詞。大概如果我堅持要在課室裏陪她，她會無地自容得乾脆不上學了。

但是，上兩次開學日的情景，仍然深深印在媽媽的腦袋裏。

女兒剛滿兩歲便上學，讀的是幼兒小組。開學第一天的早上，女兒還在醫院，她的左眼瞼發炎，醫生給她做了個小手術。為了不想誤了開學大吉的吉日吉時，我約好醫生當日一早拆紗布。

醫生準時來到，做了幾日獨眼龍的女兒褪去紗布後，除了眼皮有些發紅之外，雙目明亮，並無不妥。我放下一萬個擔心，馬上又有另一個，學校十點鐘上課，我們要趕時間。於是在半個鐘頭裏，辦退院手續，換校服，催着女兒爹開快車從九龍趕到香港，終於沒有誤點。

這個幼兒小組，全班十來個小毛頭，都是兩歲左右的奶娃娃，雖有父母陪着，面對新環境，仍然哭聲震天，此起彼落。

看同學都哭得起勁，哭得痛快，女兒不甘後人，馬上就紅了眼睛，扭扭捏捏的嗚咽起來，還滴下一顆顆圓滾滾的眼淚。

過兩天，學校不許家長陪着上課了。但是我知道女兒仍會在課室裏哭，因為從她口中得知其他小朋友還是哭個不停，而她是個眼皮淺，見人流淚必會陪着傷心的人。情況總在半個月後才好轉。

第二個開學年度，女兒轉上幼兒班，以為她已習慣學校生活，沒想到每天早上送上校車時，仍然眼淚汪汪。有一次學校打電話來，說她哭得臉紅耳熱，吐了，只叫着媽媽，着我馬上接回。我又心痛又心酸，氣急敗壞趕到學校，把大小姐抱回來。在路上，她低着頭緊貼着我，默不作聲。嘿，居然讓我發現她在偷偷的笑。接下來的情況可以想像，她只差一頓好打，日子並不好過。

我利用白居易在《策林》中提出的方法：「所謂善防川者，決之使導；善理人者，宣之使言。」首先是軟硬兼施誘她盡訴抑鬱，然後一項一項為她解答，好話說盡，她好像明白了，卻還是有個問題：「我忽然好想媽媽，怎麼辦呢？」

做了低班姐姐兩天，女兒放學回來後對我說：「幼兒小組的BB仔到今天還哭，有一個吃飯時湯也倒翻了，還吐了一地……做BB仔真麻煩，好在我已經大個女了。」

夜裏，我聽到她問爸爸：「你說四歲是不是大個女了？」

爸爸回答是。女兒跟着說：「那麼我可以自己過馬路，自己上學去了？我會很小心。喏，又不用你和媽媽接送這樣麻煩。」

唔，女兒覺得自己大個女就麻煩了，你看，她想飛了。

民主與發言權

女兒在新聞報道裏聽到「民主」這個詞語，問是甚麼意思。我說：「民主麼，就是大家都可以說話，都可以有意見，做決定的時候是少數服從多數。」她聽了後若有所思，兀自點頭。我想，我有難了。

民以食為天，災難從吃這方面開始。

星期日總在外面吃早餐，通常由我決定地點與內容，但是女兒認識民主為何物之後，她也有個人意見，而且非常堅持。

有一天，我想吃上海鹹豆漿，女兒要吃漢堡包，爸爸想到茶樓吃點心。中式、西式、滬式、粵式，一時間百味紛陳，各持己見。我看太陽高高掛，天氣還熱，去吃豆漿要走好一段路，並且我也不反對吃漢堡包。女兒看我有些轉意，拍手歡呼，回頭對爸爸說：「你看媽媽都答應了，我們兩個人，你一個人，所以你應該吃漢堡包。」

少數服從多數！結果爸爸被迫「應該」吃漢堡包去了。

晚餐吃甚麼？一家三口都想起銅鑼灣一間燒烤店。興致勃勃的趕了去，豈知往日門庭冷落的燒烤店當晚高朋滿座，雖然有座位，但是燒烤部的限額已滿，部長要我們選擇其他晚餐。女兒的眼睛紅起來，部長於心不忍，到廚房去問，回來的答覆是實在對不起，已超額幾名了，唯恐食物不夠，惹客人不滿……，女兒的眼淚滴瀝答啦淌下來。

跟她解釋了一番，她又氣又委屈：「但是我們三個人，爸爸、媽媽和 BB 都想吃，他們不民主！」

「是，他們不民主，我們以後都不來了。」我忍住笑，故作氣憤的說。

「不，不，他們下次會民主的，部長不是要我們先打電話訂座嗎？」

到市場買菜，通常只有我和她兩個人，她知道自己有選擇權，而且隨時可用。

我要買菜心，她看中了番茄；我要買鯧魚，她喜歡桂花魚；我要豬肉，她要牛肉，總之她一定要有相反意見，顯示她也是個有想法的人。

她還理直氣壯地給我分析：「你看番茄紅得多漂亮，吃了營養好，皮膚也好看。是的，鯧魚骨頭少，但是桂花魚也一樣，而且你看桂花魚在游泳……」

菜檔的賣菜姐姐認得她，看她意見多多，不怪她總是跟我抬槓，反而說她可愛，每次見到她都會塞些東西在她手裏，有時是一個番茄，有時是幾株小白菜，有一次還給她一根紅蘿蔔。並且教她：「小妹妹，要揀這種胖胖的白菜心才夠甜……」把她當個小大人。

忍不住罵她：「你只管跟着我，讓我作主，不要給意見，好不好？」

她鼓着氣，嘴唇抿得緊緊的，走幾步看我一眼，神情不滿，擺出的樣子分明是以沉默對抗我的獨裁。

買菜事小，大不了是兩母女東指西點之下，把東西通通買了，回家在冰箱裏放好，然後有好幾天不必上市場。卻是生活裏的所需，又何止買菜一項。女兒漸長，說話更有條理，儘管有時語法有些顛倒，但是她在努力，不但努力地把話說好，而且努力地表達意見，爭取自由發言的人權。

有一次在家具店跟售貨員討論沙發套子的布料，男人女人各有所好，連小孩子都諸多意見，大人在一旁小聲商量，女兒只纏着售貨員問這問那，售貨員看在做生意份上，有一句沒一句的應酬她。女兒問題太多，我正要喝止，忽聽得她問一句：「姐姐，這種布洗了會不會縮水，會不會褪色？」

我大吃一驚，隨即肅然起敬。這問題問得好，問得對，女兒怎麼會想到的？原來她的問題不盡是沒頭沒腦的胡扯，她的確有寶貴的意見。

媽媽，我要結婚了！

有一天，女兒頭上披着一條大毛巾，手裏捧着宴會裏的迎賓襟花，神情莊重，踏着小步，慢慢的走到我跟前，向我宣布：「媽媽，我要結婚了。」

除了幻想自己是齊天大聖孫悟空，女兒還想像自己是小魚仙、花木蘭以及電影《仙樂飄飄處處聞》裏的瑪利亞。做神仙或女將的願望她知道難以達到，但是瑪利亞可說是現實世界裏的人，她喜歡瑪利亞的載歌載舞，更傾心於瑪利亞披上婚紗步入教堂那一刻的美麗雍容。結婚看來比大鬧天宮容易，所以她喜歡結婚。

她其實連新娘這個詞都不認識，我也沒有向她解釋過，所以她第一次向我說要結婚時，我並不知道她受了瑪利亞的影響，脫口便問：「跟誰結婚？」

這問題她根本沒想過，愕了一下，才說：「跟媽媽結婚咯。」

女兒搬了大毛巾、小花朵出來，把自己裝扮好了，便要我替她拉住拖在背後的毛巾，緩步踏上想像中的紅地毯。她走得真慢，每一步都唯恐踩死螞蟻，我彎着腰侍候這個小新娘，從睡房經過客廳去到廚房，真累。她還要回到睡房去，我只怕拖在地上的毛巾弄髒了，只好繼續奉陪。

大概發覺媽媽這個花女苦口苦面不甚好看，她轉而找上好相與的爸爸，要跟爸爸結婚去。爸爸面容雖好，到直起腰背時，卻歎着氣說：「俯首甘為孺子牛。」

女兒要結婚，只是愛上了那件婚紗而已。一條大毛巾已滿足了她，加上頭上亂插的五色髮夾，都令她覺得自己像個美麗的新娘。每當她顧影自憐時，我便會故作輕鬆的對她說：「其實不必結婚也可以穿漂亮的紗裙，你四歲生日時，媽媽不是給你買了一件粉紅玫瑰花的篷篷裙？」

「但是爸爸不讓我穿。」

爸爸嫌這條裙子太隆重，又太俗氣，總說等有機會再穿不遲，他沒想過到了下一季，裙子已經不合身了，唉！

只是，關於結婚問題，卻要對女兒認真教育一下，否則她只為了漂亮的婚紗，急不及待的要嫁人，那可怎麼辦？這年頭，就算打扮得像個公主，嫁了個真正的王子，也難得有好結局，何況根本沒有那麼多好王子好男子，通街跳着的都是些輕佻淺薄的癩蛤蟆，呱啦呱啦的聒噪不休。女兒擇偶，怎能不小心慎重？

咦，看我想到哪裏去了？女兒扮新娘玩遊戲，我卻認真起來，而且想法偏激，與一般小器刻薄的三姑六婆無異。

也難怪我浮想聯翩，多年前收到中學同學的信，裏面夾了她女兒的照片，十六歲的女兒相貌清麗，與她母親當年一樣。又見姑娘頭戴白色小花環，身穿白色紗裙，臉上有輕淡的脂粉。住在澳洲的同學在信中寫道：「我們那個小鎮，女子到了十六歲，正式參加舞會，她身上的舞衣是我親手做的……希望不要太快做婚紗……她有個要好的男同學，是泰國人……獨生女兒，實在捨不得……。」

同學早婚早生，看她亭亭玉立的女兒，回頭看我那個手腳並爬，還不會走路的小東西，說不出的感慨萬千。可是轉眼間，小爬蟲站在鏡子前搔首弄姿，要扮新娘嚷着結婚了。說是遊戲，但看她一本正經，煞有介事，弄得我恍兮惚兮，疑幻疑真。

又想起農曆年間，朋友聚會時循例派利是，楊家小姐沒來，我託她媽媽代收，楊媽媽老大不願意的收下，咕嚕着說：「希望明年不要收了……唉，廿五歲了。」我們笑她心急，她氣惱的說：「怎麼不急，她連男朋友都沒有。我在她這個年紀，孩子都生了。」

母親的心事千迴萬轉，母親對獨生女兒的心事，大概還要加上神經緊張而變得神經兮兮。

自由式、蛙式，唔識！

小軒媽説她的兒子又有興趣學游泳了，她這兩天就會打電話給教練，又問我女兒學游泳的情況，學的是自由式還是蛙式，我笑説：「她學會了『唔識』。」

暑假前，小軒媽從朋友處得悉一位專業教練，擅於教小朋友游泳，學費稍貴了些，但是不限堂數，總之教會為止。小軒媽盤算一番，覺得還是有便宜，於是與我商量。

我並沒有馬上答應，因為剛替女兒報讀了逢周三上課的音樂班，又有一向在周四與周日的溜冰，若再加上每星期三節游泳課，我豈不會累死？

小軒媽説：「孩子放暑假，讓他們活動一下，對身心都有好處。你算輕鬆了，你看我還給小軒報讀繪畫班呢。」

上溜冰課時，遇到嘉嘉的父母，他們給女兒安排的節目更多，溜冰、音樂、繪畫之外，還有芭蕾舞，嘉嘉爸說：「趁孩子未上小學，功課壓力不重，給他們多上幾個興趣班，讓他們玩玩也好。」

說的也是，我有些心動了。

跟着在報紙上讀到些親子報道，大意是及格的父母會好好利用暑假，為孩子安排有意義的活動，絕不會讓孩子獃在家裏，任由歲月蹉跎。

我總不願意做個不及格的母親吧，唉。

對於游泳，我一竅不通，教練說小孩子初學游泳，最好從自由式入手，因為自由式的難度高。如果先學了其他比較容易的如蛙式之類，以後他就不肯學自由式了。小軒媽聽了很歡喜，說這個教練肯為學生設想。

可是第一天上游泳課就出問題，小軒下水不久就哭，叫着要上來，原來他害怕水灌進耳朵鼻子裏。他害怕得身體發抖，任小軒媽千哄萬勸，最後抱着他一起浸在水裏，他也只肯讓水去到半腰。

教練對兩個孩子的評語是：小軒怕水，如果他不肯學水裏的呼吸動作，他不能學游泳。至於我女兒，她不怕水，她會很快學會游泳。

隔一天再上游泳課，小軒缺席，因為感冒。第三次上游泳課前，小軒媽來電話說兒子躲在房間裏發脾氣，他無論如何也不再學游泳了。

「這個小時，教練只教你女兒一個，她一定會學得更好。」小軒媽說。

我也以為如此。可是原來教練把另外三個孩子的學習時間調配過來，我們的時間反而減少了。這個教練，並非省油的燈，他精打細算得很呢。

與女兒同一個鐘數學游泳的孩子，年齡是七歲到十歲，已會得用浮板踼水前進，而我家大小姐，她的確不怕水，可是她亦止於把頭埋在水中，好像學的是潛水。教練開始有怨言，說她不明白他的說話，又欠自學苦練精神。

有一天，教練把她帶到BB嬉水池，在池邊教她踼腿，我一看，並非自由式，而是蛙式，教練說：「沒辦法，她年紀太小，還是學蛙式容易些。」

我無所謂，只想女兒快快學會游泳，甚麼式都可以。老實說，每天先是頂着大太陽在池邊陪她，然後又到浴室替她清潔，自己同時變成落湯雞，就算再大的熱情，都被淋熄了。

只是，在泳池裏的女兒用手抹眼睛，偷偷地，一次又一次。看清楚了，她臉上縱橫交錯的水痕裏，有眼淚，她委屈了。

也許是我們不好，當初把自由式說得太美妙，現在教練要她轉學蛙式，與降班無異。

本來的一點點優越感早已給媽媽嚕唆得七零八落，加上教練這一說，如迎頭痛擊，她大受傷害。

連忙為她做心理輔導，可是她已不再主動要上游泳課了。

暑假結束前，我對教練說暫停學習，教練苦笑道：「她沒學會游泳，真不好意思，我也有失敗感呀。」

小軒媽果然打電話給教練了，教練的答覆是只收六歲以上的學生，免得壞了招牌。

陪太子讀書

朋友說新學年開始後，她再沒有逛街喝茶的時間，因為她要上學。我說好得很，充實自己是最好的個人投資。本來還有幾句鼓勵的好說話，豈知朋友說：「我是和女兒一起讀幼稚園呀。」

「嘎！讀幼稚園？你去做老師麼？」

原來這所幼稚園，用的是家長陪同孩子一起上課的方法。據說如此一來，家長知道孩子的上課情況，回到家裏可以陪孩子一起溫習，雙方沒有隔膜，孩子的讀書成績就會事半功倍。

其實事半功倍的是學校，有家長在旁邊輔助控制孩子，老師省了力，不必四處奔跑追趕亂蹦亂跳的小娃娃。但是家長方面，卻是賠了夫人又折兵，一點個人時間都沒有了。

朋友說已做好心理準備，以後就把陪太子讀書這件事當作終身事業，直到孩子大學畢業為止。

陪孩子讀書，不是沒聽過，有的父母在孩子上小學以後，馬上溫習教科書，比孩子早一個月熟讀各科課程，隨時為孩子解答疑難。最近聽說的一件事，有個父親不但與兒子同步修讀中學課程，還一起參加各科的公開試，聽說成績比兒子好云云。

這些真人真事或道聽塗說，總令我歎佩之餘，卻又禁不住的疑團滿腹。我的疑問是，非要用這種方法不可嗎？

例如那位朋友，立志陪讀到孩子大學畢業，就算她有這個時間，她有這個精力嗎？而且孩子愈大愈能幹，父母只怕愈老愈糊塗，總有一天腰痠背痛老眼昏花，她還有這個能力陪着孩子讀書？

也許說，父母熟讀孩子的功課，可以為他解決功課上的問題，不必讓孩子求助無門，但是這種做法，父母不過扮演了補習老師的角色，弄不好的話，變成同輩同學，更可笑的情況是，分分鐘淪為理解力比子女更差的劣等學生，例如說讀文科的你，要如何惡補幾何微積分，以求追上讀理科的子女的程度？

父母固然要為子女盡心盡力，但是讀書卻是十分個人的事，別人不能越俎代庖。總不會兩個人一起做功課，一起對答案，到考試時孩子應付不來，由父母提槍上陣吧。我的看法是：既然讀書是個人的事情，就要由自己去做好，父母這方面所能做的，是及早培養孩子的責任心與上進心。責任心令孩子不躲懶不倚賴，上進心令孩子勤力用功，對自己有更嚴格的要求。

責任心與上進心俱備的孩子，讀書成績總不會太差，做父母的自然不必緊張到要跳進孩子的書包裏，與他一起上學去。

有人認為父母子女一起學習，可以促進感情，其實親情是與生俱來，自然流露，倒不必故意造作。所謂一起學習，我的理解和選擇是課餘活動，一起溜冰，一起游泳，一起學琴，一起捧着天文書籍研究星星月亮，一起觀察公園裏的花草樹木，還有一起到市場買菜，共同炮製新菜式等等，總之是學校書本以外種種新奇有趣的活動，寓教育於遊戲。

兒女需要父母關心和教導的，何止讀書一項？只是大多數父母全副精神都放在孩子的學校功課上，為此捱更抵夜精疲力竭，無暇顧及其他，這對孩子來說，不是愛護，而是虐待了。

壽頭，你在哪裏？

電視劇裏有個太監角色，名字叫壽頭，女兒聽到了咭咭笑，然後就有些不高興，問他為甚麼也叫壽頭，我說這些字眼人人都用得，沒有專利權。女兒沉默了一會，歎着氣問：「我們的壽頭還會回來嗎？」

壽頭是一條灰黑色的史納沙小狗，漂亮精靈，與牠土裏土氣的名字格格不入，但是這樣可愛的小狗，配上這樣一個惹笑的名字，就見得意和突出。

我一直希望女兒有個小玩伴，除了小朋友之外，狗是最好的選擇。女兒天生與狗有緣，會得叫爸爸媽媽之後，第三個脱口而出的詞語就是「Wo Wo 狗」三個字。剛學會走路，見到狗兒就要衝上去抱，不管眼前的狗是大是小，是家犬還是街頭的流浪犬。

她太喜歡狗，但是狗隻於她又實在是太難得了。最初是除了媽媽之外，所有人都反對，後來是反對的聲音漸低，朋友家裏的母狗又新生小狗，小BB狗只有大人手掌般大小，長大了亦不過是一隻小兔子般，而且史納沙狗生性溫馴，與人親近，不會對小孩子造成威脅，所以雖然爸爸眉頭緊皺，媽媽還是把小狗捧回來了。

女兒與壽頭熱熱鬧鬧的過了一年。

這一年，女兒與狗都處於幼兒期，都活潑，都頑皮，都喜歡玩具，壽頭特別喜歡皮球和積木。追皮球，女兒明顯不如壽頭敏捷，但是女兒會砌積木，壽頭先是坐在一邊看，到積木堆到一定高度了，牠就衝上來，把積木都撞倒了，然後趁着混亂，偷偷啣了一塊，躲在沙發底下咬。女兒追着要取回，結果人與狗不是都鑽進沙發底，就一齊廝鬥到沙發上面。有時候總會在某些角落裏找到些小玩具，都是壽頭藏起來的。

可惜歡歡喜喜的日子並不長久。

壽頭不會吠人，牠甚至不像其他的狗一樣會汪汪的吠，牠只是哎哎哎的叫，只要有誰進門，不管生張熟李，牠都會興奮得如老友相見，牠嘴巴大，聲音響亮，哎哎哎哎……不能自制。只在屋裏又跑又叫的小狗，居然讓某戶貴鄰受驚了，他們向管理處投訴，說在廚房都聽到我家的狗叫，大概很影響他們做飯的情緒。

儘管樓上樓下都有人養狗，偏偏我們被投訴而又被受理了。結果是，有一天，趁女兒在洗澡，爸爸把狗抱走了。

女兒到處找壽頭，每天早上睜開眼就問：「壽頭今天可以回家了嗎？」放學回來，還沒踏進門口先大叫：「壽頭，壽頭，你在哪裏？」希望聽到壽頭嘰嘰呱呱的興奮回應。

她最初相信壽頭生病，在獸醫那裏住院，後來等得太心急，嚷着要到醫務所探病去。我覺得不該繼續詛咒壽頭，只好說出實情，壽頭避難去了，那家人住在新界，屋前屋後都有花園，准許養狗，壽頭寄住在那裏很安全。又過了一個月，再吐露一點，收養壽頭那家人的小孩子都喜歡壽頭，他們捨不得壽頭走。

「但是我呢，媽媽？」女兒眼淚汪汪的問。

親朋戚友知道情況，紛紛送來狗模狗樣的玩具，但是假狗豈同真狗？女兒千思萬想的還是與她摟作一堆，互相搶玩具，活生生的壽頭。

前幾日姨姨和姑媽都願意送她史諾比狗，並且讓她在各種款式中任意挑選，女兒把玩一會，退回去說：「不要了，沒意思。」

姨姨姑媽都很失望，這些寶貝可是她們天天到麥記排隊幾小時，天天吃漢堡包，好不容易搜集回來的限量精品，沒想到女兒多看一眼的興趣都沒有。這大概就是曾經滄海難為水，除卻巫山不是雲了。

女兒仍有失落感，我仍在想辦法。會不會有一種小狗，善良活潑，而不太吵鬧的呢？

媽媽有個小童工

黃昏時候，家婆大人來電話，要找孫女兒聊聊天。兩婆孫交談了幾句，女兒就說：「嫲嫲，我現在沒空，等會兒再給你打電話……不，不是溫習，是洗白菜，還要洗青蛙，我們今天晚上吃青蛙。」

女兒放下電話，回到廚房，她站在小板凳上，一邊洗菜一邊說：「嫲嫲嚇了一跳，她不知道青蛙可以吃，她叫我不要洗。媽媽，她比你還害怕呢。」

家婆大人當然知道孫女兒口中的青蛙就是田雞，她當然不會害怕田雞，她只是大驚小怪她的媳婦居然讓她的寶貝孫女兒做廚房工作而已。

女兒不但洗蔬菜，她還會得淘米，然後依比例看度數表注水煮飯，飯後她還要洗碗。

肉類本來不要她洗，只是青蛙例外。買回來的青蛙雖然已被切成一塊塊，卻是神經線特別發達，斷腿仍然一抽一搐的反彈，我嚇得尖叫，女兒卻不害怕。自此她若想吃青蛙，就由她負責清洗，我只在一旁監督。

家婆大人聞說寶貝孫女兒除了做廚務，還要鋪牀疊被、吸塵洗衣服（小手帕），大驚之餘，更是大大的不滿，憐惜之情溢於言表：「唉，她才只有四歲，還是個大BB，你怎麼可以把她當個大人看待？」她又把孫女兒叫過來，吩咐說：「你很乖，會得幫媽媽做家務，不過，你還小，這些事情讓大人做好了。唉，你看你的皮膚多嬌嫩，洗潔精會傷害你的皮膚……」

記得有個朋友說她日裏上班，下班後買菜煮飯，飯後還要洗碗做清潔等等，當時便問她怎麼不讓孩子幫忙，她的大女兒中學都要畢業了，還不肯幫媽媽分擔一下家務？

朋友氣苦的說不是女兒不願意，是女兒的祖母反對。祖母把孫女疼得嬌花一樣，從來不讓她做家務，所以儘管讀中學了，卻連燒開水都不會。既是三代同堂，同屋居住，老的要敬重，小的要呵護，都是十指不沾陽春水的人，為了和氣生財，她這個媳婦兼母親只好裏裏外外大小一腳踢。唯一的好處是訓練得倒下牀就睡得着，廿年來從未試過失眠。

不讓孩子分擔家務，大多數人的心理是出於愛護，卻原來也有一些人，以不會做家務，不曾做過家務為榮，以示嬌貴，嬌貴於他家裏有錢，工人無數，所以他十指纖纖，家裏的廚房在哪裏都不知道。這種心態傳染到下一代，來到今天，就成為別人的笑柄，個人的悲劇。

當然家務廚務之類，不是人人都樂此不疲，我討厭它瑣碎、重複之外，還要耗費心機，有時怨氣衝天，恨不得一摔了事。但是家務當中，其實包括許多個人私隱，總不能連個人衛生都不顧吧。又或者忽然想吃某個菜，試遍坊間食肆都不是這種味道，何妨親自炮製，安撫一下寂寞的腸胃？這些，都是要求個人的真工夫，在外決勝千里，在內操控自如，才是一個生活於現代，能夠獨立自主的自由人。

大家都想舒舒服服過日子，不必勞心勞力，我也希望家婆大人的寶貝孫女兒從嬌滴滴的小小姐過渡到珠圓玉潤的少奶奶，再升級為富泰康健的老祖宗。但是人的一生豈無風浪，豈無升跌，如果在低沉的時候，女兒不以苦為苦，隨遇而安，反正她「勞動」慣了，又會得對自己負責任，豈不比打擊驟來、束手無策、坐以待斃的「千金小姐」好一些？

所以，小女繼續做家務，她媽媽正如她所説，要休息一下，看看報紙，有甚麼奇怪新聞就告訴她。

孩子生病住院時

一向爽朗活潑的孩子，忽然有一天懨懨的沒精神，説話像蚊子叫，身子軟軟的沒力氣，而且紅着眼睛一定要媽媽抱，這時候做媽媽的都會知道，孩子生病了。

幼兒生病，自己不會説，也説不清楚，卻總可以從咳嗽或發燒兩種症狀看出來。輕微的咳嗽或發熱，大人多數採取觀望態度，兩三天情況還不好轉，這才送去醫院，但往往已是大件事，無論是公立醫院或私家醫院，為安全計，都會要孩子住院。這一住院，也同時宣告大人的苦難期開始，必須與孩子一起共度時艱。

送女兒去醫院前，只希望孩子看了醫生，拿了藥回家吃可以了事，大不了讓醫生在大腿上刺一針，也就藥到病除了。豈料到貌似傷風感冒的發燒咳嗽，竟要照X光片，然後醫生又會在那張黑漆漆的照片中，看出甚麼支氣管炎、肺炎來。醫生語調平穩而略帶命令式的說：「你女兒要住院！」

「嗄，BB 要留醫？」看看神色凝重的醫生，看着滿臉通紅的女兒，我心頭一酸，幾乎掉下淚來。

但是馬上深呼吸一口，因為千頭萬緒，同時要妥善解決。做職業婦女時，要立即打電話向公司的同事交代公務；做全職媽媽時，也有許多私事要處理，例如出門前洗衣機正開着，起碼要把洗好的衣服晾出去。而最重要的一件事，當然是回家執拾包袱，不但是 BB 的，還有自己的。BB 住院，媽媽就要做全陪。

火急趕回家，匆忙收拾；又火急趕回醫院，盼女之心特切，恨不得生出翅膀超音速飛到女兒身旁。想起女兒平日的生動活潑，想想她此刻的楚楚可憐，方知道心裏酸痛是怎樣一種滋味。

女兒在醫院，有醫生和護士照料，總好過耽在家裏，不知病情，要問也沒個人問。但是，若在家裏，我還有鬆一口氣的時候，在醫院卻特別的焦躁不安。

環境陌生，病房裏其他小孩或哭或鬧，還有平均每兩小時就要探熱、吃藥、打針等等，都讓女兒睡不安寧。病中的女兒特別嬌嗲，廿四小時都要媽媽在身邊，她這時候的感覺特別靈敏，我稍動一下她都知道，惶惶然地問：「媽媽，你去哪裏？」我去廁所都不行。

女兒睡不着時，就要我抱。我抱着她在通道上散步，由於睡不好，精神恍惚，我就覺得自己像一棵移動着的樹，女兒是一隻抱着樹幹的樹熊。累了，我們坐在沙發上，她身上熱哄哄的，我大概也有些發熱，兩個人無精打采的賴坐，呆看來來去去的人。雖然腦裏空白，人變得混沌，但是世界也變得小了，天地間好像只剩下我們兩個人相依為命。別的一切都無關重要，她只要媽媽親她抱她，我只要女兒愛我需要我，母女之間的愛是這樣的直接和簡單。

女兒不怕住院，因為總有她最愛的人陪着，不是媽媽，就是爸爸。醫院裏的醫生和護士又都和善可親，而且總説她是個乖孩子，打針吃藥絕不哭鬧。她有時被護士捧得飄飄然，從逆來順受到主動提問幾時輪到她打針，她還想藉此表現她的勇敢和大無畏。

兩、三日過去，病情轉好，她能夠自由走動了，又可以到遊戲室玩耍看童話書——東區醫院兒科病房的遊戲室如同一個小型兒童樂園，她與其他小朋友一起玩得高興，用樂而忘返形容這些「病童」最適合不過。惴惴不安的是在一旁看護着孩子、臉容憔悴的全陪媽媽們。

終於批准女兒出院了，身心俱疲大病將至的媽媽，循例對她忠告幾句，要她多喝水、不要胡亂脱外套以免着涼，當我不要這樣不要那樣一番後，女兒在我臉上親了一下，甜絲絲的説：「我不怕生病住醫院！只要你陪着我就行。」

超人作證，男女平等

女兒想要一個超人迪加，她第一次問時，我說看你的表現再說。第二天她再問，我有些奇怪，她連超人迪加的卡通片都沒看過，為甚麼卻要這個模型玩具。她忸怩地說：「我現在喜歡了。」

女兒很少主動要求買玩具，她也很少看電視，對流行的卡通片集認識有限，更別說迷戀那些卡通人物了。試過翻查節目表，找到幾齣有流行偶像的卡通給她看，甚麼美少女、小丸子之類，為了讓她在小朋友之間有共同的話題，豈知她看得極不耐煩，譏笑那些吱吱喳喳的卡通人物「傻傻地、蠢蠢地」。

現在，她居然要求一個超人？真是事有蹺蹊。

第三天，她再問：「媽媽，如果我乖，你買超人迪加給我，好不好？」

當天放學後，立即帶她到玩具店。嘩，這些塑膠玩具並不便宜，一個幾吋高的紅色超人也要數十元，有些塑膠混金屬，高大些，有配件如死光槍之類的，居然賣到數百元。說好了讓她自由選擇的，她不會揀身型最大、價錢最貴的那一套吧。

女兒只要一個矮小的、簡單的紅色迪加。我故意問她：「咦，只要這個？那套不好麼，有死光槍呢！」

「不是死光槍。」女兒笑我像個大鄉里，隨後說：「我只要這個超人就夠了。」

雖說孩子頑皮，父母自然生氣，可是孩子太乖，父母又免不了擔心。孩子愈乖，愈教人不忍，甚至有些痛心了。

我一向在女兒面前呻窮，又讓她看我的銀包，真的沒幾個錢。她有時很體諒，例如買雪糕時，她會要小杯的，然後說：「媽媽你沒有錢，我就要小杯雪糕好了，反正大杯的也吃不完。」但是這一刻，面對大大小小花樣繁多的超人玩具，我一下子豪氣起來，勸她買一個有配件的，媽媽今天有錢，買得起。

女兒猶豫了一下，左看右看，還是只要手上的小超人。她不領情，我省了錢，不過，事情真有些奇怪。

擁有了小超人，她很高興，而我的問題在走出店後，也有了答案。

女兒說：「媽媽，原來女孩子也可以有超人玩具。」

「誰說不可以？」

「學校裏的男生喔，他們說只有男孩子才可以玩超人，女孩子應該玩芭比娃娃。我跟他們吵架了，我也要玩超人！」

原來女兒要超人玩具，只不過為了證明男女平等而已。超人迪加被玩弄了半個晚上，然後被放進玩具匣裏，長眠至今。女兒對它的興趣實在不大，她大概在第二天，向男生們炫耀一番後，心裏沒有了疑惑，事情也就完了。

但是媽媽卻有些忿忿不平了。記得有一天，女兒新得一支閃光機關槍，興奮地示眾，砰砰嘭嘭的向四面掃射，讓姑丈看到了，大不以為然，劈頭就說：「女孩兒家，玩甚麼機關槍，不知所謂！」

「女孩子應該玩甚麼？」

「煮飯仔，扮吓護士姑娘，或者抱個公仔玩吓囉。」姑丈理直氣壯。

這個姑丈才是不知所謂。

但是你別說，今時今日，有這種想法的人還真不少，這種思想病毒仍在下一代蔓延，你看幼稚園的小男生就已經被傳染了。

慈父嚴母，維持平衡

半夜裏，女兒悄悄地起牀，走到爸爸身邊，輕輕推他，又悄悄地在他耳邊說了句話。於是，爸爸悄悄地起牀，父女倆躡手躡腳走去廁所。女兒以為我睡得爛熟，豈知我已被驚醒。

不用說，女兒尿牀了，明天又要洗被單牀單了，還好如今秋高氣爽，衣物乾得快。

第二天早上，女兒會十二分不好意思的告訴我，她昨夜不小心，在牀上撒尿了，但是她總不會在半夜裏搖醒我，大概是怕我睡眼惺忪時，火氣特大。

她去找爸爸，因為爸爸對她特別好脾氣，無論她惹出多少麻煩，爸爸都會包容，都會替她解決。如果爸爸會得變法術，那些尿濕了的被鋪衣物，一定早就變乾了，絕不會讓我發現。可惜爸爸不是神仙，只能開了小燈，替她換衣服，重新安排被鋪。

爸爸不是神仙，是個好人——好玩又好用。女兒喜歡拿爸爸開玩笑，如果她要扮孫悟空或者花木蘭，爸爸就要做挨打的牛魔王或單于，媽媽卻是觀音、佛祖或皇帝，神聖不可侵犯。女兒如果不肯走路，爸爸就是她的烏騅赤兔，她坐在爸爸的頸背上，催着馬馬走快些。

爸爸問：「你怎麼不叫媽媽抱？」

女兒說：「我這麼重，媽媽抱了我會手痛。」

我聽了當然老懷大慰，爸爸愈想愈不是味道，有一次就問：「她怎麼老是維護你討好你，卻把我當個好使喚的工人，就不怕我生氣？」語氣有些委屈。

想想也是，女兒怎麼只管虐待她爸爸，從來不怕爸爸生氣？

答案是：爸爸根本不會生女兒的氣，大概還會害怕女兒生他的氣。

爸爸回家晚了，首先要向女兒解釋；衣服鞋子放得不整齊，讓女兒發現了，又馬上賠罪認錯。漸漸的，女兒氣焰日高，不必騎膊馬，地位亦已比爸爸高一等，把爸爸管得服服貼貼。

就算女兒頑皮，爸爸要待開口罵了，可是大老爺的架子還沒擺好，已被鑒貌辨色的小女兒軟甜的聲音哄得暈淘淘，嚴父陣不攻自破，要訓斥的說話都拋到九霄雲外了。

這種情況不獨我家如此，許多家有嬌嬌女的人家亦如此。原來許多爸爸不管他在外面有多強，多麼的威風八面，當回到家裏面對投懷送抱的小女兒，自會慈眉善目，甚至有些誠惶誠恐，聽小女兒的吩咐，看小女兒的臉色，完全是個在家從女的孝順父親。

有位任職校長的爸爸說起他的寶貝女兒，說她如何活潑有趣，父女之間如何融洽親愛，他說話時眉梢眼角流露的慈愛溫柔，完全不像一個日理萬機，統率千軍萬馬的中學校長。聽他說與女兒相處的情況，我們笑他可以列入新廿四孝。他說：「還好她怕媽媽，我對她沒辦法，但是她不敢不聽媽媽的話。」

這就是了，這正是許多家庭的真實寫照。有專家研究過父親特別縱容女兒，母親則特別厚待兒子這類問題。他們的分析言之有理，但是我覺得性別心理而影響對兒女的不同態度，只是其中一面，另一方面卻與自然形成的平衡局面有關。

簡單來說，以前是嚴父慈母，男人無論多麼疼愛兒女，但是他們戴不起「養不教，父之過」這頂大帽子，只好狠着心腸，擺出冷臉孔，讓兒女敬畏他，一聽說「爸爸來了！」就嚇得魂飛魄散。這些爸爸被迫要做嚴父，看到摟着兒女的慈母，可能心裏酸到冒泡泡。

如今時代不同了，管教子女不再是爸爸一個人的事，爸爸樂意放下如狼似虎的面具，不管兒子女兒，盡情疼愛，輪到媽媽看不順眼了。總不可能兩個人一起溺愛遷就兒女吧，故事裏要有好人和壞人，家庭裏也必須一個做白面，一個做紅面，爸爸要做慈父，媽媽沒辦法，只好做嚴母。

故此現代家庭多的是嚴母慈父，維持了平衡局面，可是女性總又溫柔了些，儘管被迫做惡媽媽，還是剛中帶柔，兒女對她，敬愛有加，於是，慈父不免又吃醋了。

女兒的俠義精神

學校的老師稱讚小女，說她有正義感，好打不平，遇到不合理的事情，敢於出頭，例如甲同學搶了乙同學的玩具，她會上前干涉，對甲同學直斥其非，總之是小女正直勇敢，富有俠義精神云云。

我一邊聽一邊點頭，一邊笑一邊說：「唉唉，她以為自己是孫悟空，專門對付妖怪壞人，路見不平，就要拔刀相助……」

「孫悟空對付壞人？」老師問。

「是的，我給她解釋的西遊記故事是這樣的，孫悟空變成一個專門做好事的萬能俠。」

「怪不得……」

走出學校門口，我對女兒說：「孫悟空是故事裏的猴子，你的同學也不是妖魔鬼怪，你窮忙些甚麼？」

女兒抬起頭，瞪圓了眼睛，面上滿是問號，一萬個不明白。

唉，如果老師說她聰明伶俐，我會高興；說她愚蠢懶惰，我會生氣；說她奸詐狡猾，我表面必定惱怒，心裏會想：只要不害人害己，何妨有些小蠱惑。但是老師沒有說她聰明，只說她勇敢正直，這不成為一頭見了紅布就橫衝直撞的蠻牛麼？何況一個人沒有聰明應變的能力，只有一往無前的勇氣，大不了做個衝鋒陷陣、身先士卒的烈士，絕不會是個運籌帷幄、決勝千里之外，等到別人血流成河，打好了江山，他施施然坐上寶座的人物。

小女做大人物也好，做小人物也好，一句話，平安是福。可是她怎麼會富有俠義精神，好打不平，這不成為被追殺的出頭鳥麼？聽到老師對她的這種好評語，老實說，我高興不起來。

有一次接女兒放學，在課室裏遇到女兒跟同學吵架的場面。課室有遊戲角區域，一小塊鋪上軟膠墊的地方，每次只許六個同學在裏面遊戲。這一天，女兒與其他五個同學在遊戲角看圖書，忽然有三個高班同學闖進來。女兒以條約所定，據理力爭，但是小孩子通常是遇強愈強，你愈是不許他這樣做，他就偏要這樣做。吵架的結果是原本在座的同學躲出去了，不守規矩的同學盤踞在上。我去到時，場面很熱鬧，老師在勸說，三個高班的同學中，一個哭着，一個緊咬唇皮，一個高大肥胖的男生正與女兒罵戰。我的寶貝女兒站在他面前，臉色紫紅，頭髮都豎起來了，正在指手劃腳，聲嘶力竭。

女兒被我拉走了，在校門外，正當我問原因時，那個高大威猛的男生亦被菲傭帶了出來。男生邊走邊說：「從明天開始，我叫我們高班同學再也不理你，不跟你玩！」

女兒立即反駁：「明天開始，我們低班同學也不跟你們玩！」

「你小心！」男生舉起手說。

「你也小心！」女兒馬上回應。

我的神情不必詳細描述，自然是集憤怒、不安、憂慮等等於一面。

那個男生固然不對，因為他不守秩序，恃強橫行。但是那個遊戲角多幾個人有何不可？老師都不說話了，女兒又何必計較。

規矩對「壞人」的約束力有限，但是守規矩的精神卻往往令有勇無謀的人奮不顧身，例如小女。我擔心她的低班同學還是與高班同學玩成一片，她卻要氣鼓鼓的獨自生悶氣。幸而小孩子的情緒變得快，一覺醒來，已無隔宿恩仇，再過一天，又是攬頭抱頸，和好如初。

只是，女兒不可能永遠的四歲，永遠在幼稚園。

她長大後，未知面臨何種環境，但是一味的所謂正直、俠義，肯定會碰得她一頭一臉的灰（不敢說是血）。這時候也許就是讓她開竅，洞悉世情奸險的時候了。

首先要讓她知道，打妖怪的孫悟空，不但勇敢正直，而且聰明機智，保護唐三藏取西經固然重要，但是保護自己更加重要，必須緊記「留得青山在」這句話，否則就沒戲唱了。

家裏有個好護士

「痛不痛？一定很痛，流了這麼多血，怎麼會不痛？原來你也是這樣的粗心大意！下次要用刷子洗東西，不要用手，知道嗎？快坐好，不要動，否則又流血了。廚房讓我收拾，總之要記住，安全第一，知道嗎？」

半罵半哄在說話的，是女兒，教訓的對象是我，她的媽媽。

說來是我活該。

吃了一罐香腸，看那罐頭結實得很，便想着留下來或許有用，於是動手清洗。手伸進罐內，手指沿罐邊一抹，立即中招。原來罐裏邊緣暗藏殺機，手指立即被鋒利的罐邊割破。由於抹洗時用了力氣，劃破的傷口愈加的深和闊。

女兒聽到我一聲慘叫，馬上跑來，看到我捧着流血的手指，面色變了，抖顫着問：「媽媽你怎麼了？」

我轉身拿紙巾，鮮血沿着手指滴在地上，鋪成一條血線，我一邊包紮手指一邊說：「媽媽受傷了……」

話未說完，女兒馬上跑出去，把小木凳搬到電話機旁，站上去要打電話。我阻止她，「不要找爸爸，他還在上班，有你照顧媽媽就得了。」

女兒放下電話，立即把小凳子搬去洗手間，爬上去到櫃子裏取藥箱，把消毒藥水膠布等等拿下來，要我在沙發上坐好，她要給我治傷。

「讓我來。」我說。

「不，你受了傷，我要照顧你。否則我打電話給爸爸，說你不聽話。」女兒很認真，還有幾分嚴肅。

只好任由擺佈。

她取出棉花棒，在瓶裏蘸了消毒藥水，輕輕地在我手指上轉動，隨後撕開膠布，貼在我的手指上，她一邊照顧我，一邊小聲小氣的數落我，甚麼做事衝動，粗心大意，所以撞板多過吃飯，以後凡事要小心之類之類，但凡我教訓過她的說話，她都一股腦兒搬出來還給我。

替我包紮傷口後，她轉到廚房裏，蹲在地上用紙巾抹血跡，地板清潔好了，她又搬小凳子擱在洗碗槽邊，站在上面清洗盤裏的血，還要用刷子示範如何清洗那個空罐。

我看到那個罐子心裏就恨，「不要洗了，扔掉吧。」

「你喜歡它，我給你洗乾淨好了。你放心，我會很小心。」

我把空罐子大力拋進垃圾筒，稍洩心頭之憤。女兒笑道：「媽媽，罐子摔不痛的，你自己的手指會痛呢！」

這個晚上，女兒每隔十分鐘就向我慰問一次，要我在沙發上半躺着，但是她又頻頻拿水要我喝，她說我流了許多血，一定要多喝水。又囑咐我多吃有營養的食物，這樣才會「生長」許多血，身體才會好起來，我的傷口隱隱作痛，心頭卻有絲絲甜味。

我問她：「剛才媽媽的手指流血時，你怕不怕？」

女兒搖頭：「不怕。」

可是電視畫面裏，即或有些刀光血影、叱喝慘叫的鏡頭，她都要捧個大枕頭遮住眼睛，只露出一條細縫來窺看，分明是個受不得驚嚇、膽小如鼠的娃娃，怎麼面對真正的受傷流血，反而不害怕了？

「不怕血就好，你不是喜歡扮醫生，扮護士麼？看來有希望了。」

「不過，其實我剛才還是有些害怕的。」

女兒慢吞吞的說，「但是你是我媽媽，我就變得勇敢了。」

我明白了，愛可以令人無畏，可不是！

女兒卻有一個不明白的問題，問了幾次，為甚麼我要洗那個空罐，「你不是已有許多空瓶空罐麼？你要留做紀念麼？」

這個麼，「也許媽媽老了，喜歡收藏東西。而且有人專門收拾破爛，變成億萬富婆……」

媽媽語焉不清，女兒一頭霧水，母女倆相對傻笑。

小事情看出了大問題

女兒在樓梯上摔倒，過了一晚，眉額上還有些青腫，於是煮熟了雞蛋，預備用傳統方法把所謂瘀毒迫出來。但是女兒不肯，我也不太相信這種方法，這隻雞蛋最後做了她的早餐。看她笑咪咪的吃得津津有味，我心裏又隱隱痛起來……

我心裏難過，並非因為她跌倒受傷，那只是小碰傷，沒有大礙，而是她跌倒後的反應。昨天夜裏，一家三口外出晚餐，來到食店門外，我先走上去看套餐廣告，女兒與她父親隨後跟來。忽然間聽得砰然一聲，我回頭看，女兒仆倒在梯級上，手摸着額，哇哇地哭。見到我轉身看她，女兒的神情轉為驚惶，馬上舉起雙手，哭喊着對我說：「Sorry，媽媽，Sorry，是我不小心，媽媽呀 Sorry……」

她爸爸要扶起她，她只看着我，揮着小手嗚嗚咽咽的向我說對不起。

自己跌痛了還要向我道歉，怎麼一回事了？我走下去抱起她，問她撞傷哪裏，痛不痛？她嗚嗚咽咽的說：「Sorry，媽媽，我不小心……」邊說邊哭，豆大的眼淚滾滾而下。

「媽媽問你有沒有受傷，跌痛哪裏？」我盡量壓低聲音，溫柔地問她。

女兒伏在我肩上，抽抽噎噎的說：「頭撞在樓梯級上，很痛。」

檢視她跌痛的地方，眉額上有些紅，皮膚沒有擦破，看來她是害怕多過痛楚，我抱着她，細聲安撫她，對她說媽媽沒有怪她，天雨路滑，的確很容易摔倒，所以走路一定要小心，不要蹦蹦跳跳……，說到這裏，猛然警覺自己又用了教訓口吻，馬上閉嘴，只用手輕拍她後背，令她安心。

在飯店坐下，女兒不久就忙着吃喝，跌痛了頭的事已經忘記了，然而我心裏卻不能平靜下來。

小孩子跌倒了，除了喊痛，也會在媽媽懷裏撒嬌發嗲，這是很正常的事，怎麼我女兒跌倒了，不敢喊痛，反而要向我道歉，連聲的對不起？

是的，她怕我生氣。

我一再囑咐她，走路要有走路的樣子，不要像麻雀一樣跳來跳去。我警告過她，如果她走路不小心，摔痛了，是她活該，我不會理她。上食店的梯級時，不知道她是怎麼走的，總之就跌倒了，跌倒了還不敢喊痛，是因為不知道我會如何對待她。她的哭，是害怕我的責罵多於她的痛。直到我抱起她，呵護她，她才放心。

大概是我容易對她生氣，因此她很在乎我的態度。

在溜冰場上，如果她做了一個自認為難度高的動作，老師都說好，她爸爸忙不迭的鼓掌了，她卻一定要我也說好，向她豎起兩隻大拇指，這才稱心滿意，笑靨如花。如果我有些不同意，她會一而再，再而三重複那個動作，直到我點頭為止。

學校裏的作業，有些是堂課，老師已批改了，拿回家裏讓我看，如果我不滿意，例如嫌她寫的字筆劃歪斜不好看，她會全部擦去，重寫一遍，非要我說「差不多夠好了」不可。

家裏既有慈父，也該有個嚴母平衡一下，如果女兒是孫悟空，我就希望自己是如來佛祖。女兒在乎我，很好；女兒怕我，也不壞，但是如果女兒覺得我可怕，像巫婆或者狼媽媽，這就是我的大失敗了。

從女兒跌倒這件事看來，反映出我對她過嚴，壓力過重。我這個嚴母角色要及早調整一下，以免悔之已晚。

秋風起，換季忙

氣温下降，換季忙。說忙，是真的人仰馬翻的那種忙，平日眼裏像個小矮人的孩子，一旦套上去年的冬天衣服，件件不合身。翻箱倒篋的結果是長嘆一聲：「女兒呀，你怎麼變成個巨無霸了？」

從內衣到外衣，睡衣到校服，沒一件穿得下，怎麼辦？記得九月份開課不久，學校派來一張校服訂單，當時找出了校服來比試，覺得羊毛外套還適合，於是除了外套之外，都給她做新的。可是這幾天給她穿上外套，卻變成又短又緊，才隔了兩個多月，小丫頭怎麼又膨脹了這許多？

我開玩笑的說：「BB，這些衣服的質料都不好，你看，一洗就縮水了。」

小丫頭並無幽默感，一臉認真的回答：「媽媽，是我長高了。我已經四歲了，現在是幼稚園低班學生，你給我穿幼兒班的校服，當然穿不上。你說對不對？」

如果她對，當然是我錯了。錯在後知後覺，氣溫連降幾度之後，才忙亂翻冬衣。

女兒也懊惱，有幾件漂亮的裙子，沒穿過幾次，如今一看，像玩具娃娃的小衣服。嘗試縮小身體，把自己擠進衣服裏去，可是鈕子扣不上，拉鏈拉不上，要嘛就收縮胸腹，還不能大力呼吸。女兒沮喪地叫媽媽，問怎麼辦。

怎麼辦？當然是棄舊迎新了。

棄舊之前，先讓她挑選一件做紀念品。

自她出生後，大約半年便要換一批衣服，我總會在舊衣服裏面挑出一件作為紀念，從嬰兒袍到校服等等，至今已收集了一小箱子。這些東西一年年積下來，加上她爸爸說她自BB班起做的勞作圖畫都有收藏價值，可以想像將來她出嫁時，娘家奉送的嫁粧箱櫳，陣容是何等的漪歟盛哉。

去年開始，女兒明白了紀念品的意義之後，這個為她將來作嫁妝的收藏準備就由她親自動手收拾，今年也不例外。衣服是她的，每一件都是她的最愛，她把衣服搬出來，攤在牀上，自己坐在中央，這件拿起看一下，那件放在身上比試一番，口裏呢呢喃喃：「我最喜歡這條仙女裙子，不，最喜歡這件斗篷、披起來好像觀音，還有……」

這件好，那件不錯，咦，還有兩套棗紅和寶藍色的絲絨裙子，怎麼沒穿過就不要了？沒辦法，這是去年的聖誕禮物，是朋友從歐洲買回來送她的，質料極好，可是去年稍大了些，現在又小了些，很可惜，可是穿不下就穿不下，沒辦法。

「我怎麼會大得這麼快？」

女兒自己都嘆氣了。無奈之下，她居然唱起學校教過的歌：「我是一粒小種子，需要陽光和空氣，多些營養和水分……快高長大……。」

女兒坐在牀中間，神情卻像個淒淒惶惶的老太太，怎麼辦呢？一、二、三、四……媽媽，可不可以有五件紀念品？為甚麼不可以，衣櫃那麼大，我的衣服這麼小？女兒跟我討價還價，磨菇半日，我看天色不早，催她出門，再不去 shopping，眼前就沒有合身的衣服可穿。

鑽了幾間兒童服裝店，都是門庭若市，我以為世上多的是像我這種臨急抱佛腳的媽媽，卻聽到旁邊一位家長說：「當然是要穿的時候才給他買，孩子高得快，半個月前和半個月後，身材已經不一樣。」

又見到一對婆孫拌嘴，孫子抗議外套太大，穿上去，手都不見了，祖母說等過了年就合身了。除了大小，還爭論顏色，孫子要灰藍色，祖母要黑藍色。忽然間祖母呵的一聲自言自語說：「大兩個碼，價錢差這麼多？」又抬起頭對旁邊的人說：「現在做生意的人多聰明，大一個碼就貴一些。」

老太太的最後抉擇是比合身稍大一個碼，孫子穿上了，露出半隻手掌，兩婆孫算是各讓一步，付帳之後，牽手離去。

售貨員在她們背後笑道：「剛才那件，我看後年穿都沒問題。」

唉，各人自有打算，售貨員不應該說話太多。不過，我還是把手裏拿着要買的外套，另換一件小一號的。

唯「小人」難與戲言

出門時遇到大廈管理員，客氣地打了招呼，他轉頭問女兒：「小妹妹，吃過飯沒有？」女兒大聲回答：「沒有。我們家裏沒有米。」

我連忙接口：「是呀，只好到外面吃飯去。」然後拉着女兒逃出大門。非要用個「逃」字來形容我們奪門而出的情形不可，為的是怕女兒還會說出下一句：「因為媽媽沒有錢買米。」

女兒沒有說謊，家裏的確是無米下鍋。當我洗好了菜和魚，囑咐女兒淘米煮飯，這才發覺米箱空空如也。母女倆面面相覷半日，只好悻悻然把餸菜放進冰箱。

女兒問怎麼會沒有米，我隨口說：「那天你要兩隻小馬，給你買了玩具，就沒有錢買米了。」

女兒聽了，深表遺憾，想了一會，鼓起精神說：「沒關係，媽媽，我們出去吃飯。」只好如此。

卻沒想到會碰到管理員這一問，更沒料到女兒實話實說。

看來，在「小人」面前，不但行動要檢點，說話也要萬二分的小心，否則後果堪虞。

像我的「沒有錢買米」，還可以當個笑話說說，因為居然要到餐廳去解決晚飯，也算窮得十分體面了。何況就算是真的，都沒有人會相信她。最慘的是有些事情難分真假，於大人是遊戲之言，於小孩卻信以為真，傳揚出去，鬧出啼笑皆非的誤會來。

有一次，小姨甥與她父母逛商場，適逢一個豪華汽車展覽，陳列品大概是些古董名牌車之類，小姨甥的爹一時忘形，說了些有朝一日，我會如何如何的話，還在讀幼稚園的小姨甥興奮極了。

第二天下午，全校師生都知道小姨甥的爹要買一部價值不知多少百萬的勞斯萊斯，最糟糕的是，小姨甥問老師：「我們的汽車很大，學校的門口很小，爸爸要我問一問，可不可以把學校大門拆了，讓汽車進來？」

當晚吾妹就接到老師的電話，老師的大不以為然，可想而知。

小姨甥還沒高興完呢，就被她媽媽一盤冷水潑醒了，可憐巴巴的轉頭問她父親：「你昨天不是說過要買勞斯萊斯送我上學嗎？」

目前為止，女兒還不會說謊，但事實上，她是在謊話世界裏成長的。例如說假日早上，我們要到某茶樓吃飯，在酒樓門外碰到好客的甲朋友，甲朋友邀我們共坐，我們連聲說吃過飯了，轉身他往。女兒就不斷的問我為甚麼改變主意，為甚麼沒吃過飯卻騙人說吃過了。

一日，女兒的嫲嫲煲了湯，嫲嫲這個湯煲了幾個小時，聲稱對皮膚有益。她威迫利誘要小女多喝幾碗，說喝了皮膚會變得好看。嫲嫲天花亂墜一番，女兒半信半疑，仔細打量了嫲嫲，然後說：「怎麼會呢？你的皮膚並不好看，有許多黑色點點……」

嫲嫲氣壞了，教訓她說：「不許說嫲嫲皮膚不好，要說嫲嫲好看，這是禮貌，知道嗎？」

女兒嘟着嘴抗議，嫲嫲又罰她多喝一碗。

說謊，是為了禮貌、善意、好心、仁慈、客氣等等，女兒總有一天會明白。不過，那時候的她，還會這樣可愛嗎？

爸爸媽媽不要老

女兒彎着腰，努力把裙子拉到足踝邊，可是一站起身，裙子又縮到小腿中間。那是去年聖誕節買的長裙，當時穿在身上，幾乎遮沒了腳板，今年拿出來試，因為是背心裙，還套得下，只是裙子短了幾吋，換句話說，是女兒長高了幾吋。

女兒喜歡這種拖地長裙，再加上手裏一支綴着星星的小棒子，就變成仙女了。現在裙子短了，她努力拉長不果，懊惱地在鏡子前看了又看，喃喃自語說：「我怎麼高了，高得這麼快？再下去怎麼辦？媽媽，我會一直長高，像愛麗斯一樣，變成個巨人，頭和手都要伸出窗外去？」

「不會，愛麗斯是在夢裏變成個巨人，醒來後還是個小孩子。」

「但是，我會像你一樣高嗎？」

「一定會，而且一定會比媽媽高一點。」

「為甚麼？」

「你長大了，媽媽就老了，老人家總會變得矮一點。」

我忙著執拾衣服，隨口應付女兒的問題，過了一會，見她一聲不響，看她神情有些憂鬱。想想剛才的對話，馬上猜到是我最後那幾句話勾起了她的心事了。

這個傻女兒，她最擔心的事情是爸爸媽媽老了。

自從去年的清明、重陽帶她上墳，向祖父、外婆鞠躬以後，她隱約知道生老病死為何物。大概是不必去掃墓，她也會接觸到這種事情，童話書和電視劇裏，多的是生離死別的情節。現實生活裏，從春天百花開、秋天黃葉落的兒歌，到路邊的空蝸牛殼、魚缸裏肚皮向天的金魚等等，莫不與生死有關。

既是事實，就毋須歪曲隱瞞，所以只要小丫頭問，我都會說老實話，不過，盡量的輕描淡寫。

其實現在的小孩子都聰明懂事，比他們父母那一代還要剔透玲瓏。就以女兒的小表妹哇哇來說，去年她祖父逝世，喪事辦過後，事情告一段落，以為三歲BB仔甚麼都不懂得，豈知接着不久的家庭聚會裏，哇哇與女兒兩人在房間裏說話，被我聽見了，哇哇正在說她的祖父。

「阿嫲教我摺元寶，我摺得很快，很多，讓爺爺多點錢用。我們又給爺爺燒汽車、房子……」

「你爺爺是不是去見Buddha了？」小女呆怔怔的問。

「我爺爺死了。」哇哇沒看過《國王與我》，不知道Buddha是誰。

「好人死了去天堂見Buddha，壞人死了就去地獄見Simon King。」

這時我闖進去，打斷她們的談話，催她倆到客廳人多聲吵的地方玩耍去。

兩個三、四歲的小丫頭在房間裏討論生死，真是。

女兒喜歡狗，從而愛及其他動物，在我游說下，一度立志做獸醫。可是做醫生的意志雖然訂下，卻還沒拿定主意做「人醫」還是「獸醫」的好。

她看她媽媽常有傷風頭痛，有一天，搬出她的玩具醫箱要給我探病，我說那個探熱器不是剛給馬兒探熱，怎麼又來探我了？還有那些藥膏，要給WoWo杜狗蝨子的，怎麼抹在我的鼻上？

「我現在先做醫生，醫好了你，然後做獸醫。」女兒一本正經的，「媽媽，現在你先乖乖的吃藥。」

我裝作吃了藥，睡下，她替我蓋好被，一個轉身說：「媽媽，我現在變成后羿，向王母娘娘要長生不老藥。你吃了病就好了。」

女兒披著毛巾，扮成勇士后羿，在沙發上飛來撲去。我不勝其擾，正要起身，她忽然砰彭一聲跌在地上，在射第七個太陽時，后羿跌倒了，放聲痛哭。

夜已深，后羿的額頭上有個小高瘤，抹了一層白藥膏，像個小丑的在牀上說：「媽媽，我還是做孫悟空好了，我用七十二變法術，你就不會生病，就不會die了。」

「是的，是的。」我含糊其詞，呵她睡覺，一切答應。

半夜裏，睡正酣，腹間一陣劇痛，乍然醒來，女兒的腿橫在我肚上，嘿，她的腿功真不錯，有橫掃千軍的氣勢，怪不得她老爹早已抱枕潛逃。

小毛蟲都變成蝴蝶了

移居檀香山的朋友在聖誕卡上寫道：「小弟盼望2000年快點到來，屆時小女大學畢業，小兒中學畢業，小弟包袱減輕。」

他的小女，在我印象裏，始終是個三歲左右的小不點兒，怎麼馬上就要大學畢業了？

那時候與朋友同在《嘉禾電影》月刊的編輯部共事，有一天，他把女兒帶到辦事處，是個圓臉孔胖嘟嘟的小人兒，剛會説些流利的句語，機靈活潑，很討人歡喜。她趴在爸爸的辦公桌上，細看案上的文具，有一盞枱燈出了毛病，怎麼按都不亮，女孩試了幾次，一本正經的大聲宣布：「我明白了，它——壞壞地！」

把眾人逗得樂不可支。

還記得這個小人兒當時穿上一條鮮紅色裙子，短小渾圓的臂膀與大腿，肉騰騰的。當時的我，對小孩子不大動心，居然也被吸引住了。

好像才是不久以前的事，原來已隔了十七、八年，小毛蟲都蛻變成翩翩飛舞的蝴蝶了。

又有一次，問起另一位朋友的女兒，當時正是升中學位派發結果宣布不久，我隨口問一句：「她快要小學畢業了吧？」

「甚麼小學畢業，她已讀中學三年級了。」

朋友要擔心的已不是女兒升中問題，而是種種跡象顯示了女兒可能正在談戀愛。據女兒的媽媽說，她就見過幾次女兒由男士伴送回家，兩人在大門外依依話別，而且來來去去是同一個男生，可見已是特定對象。

啊，這個刁蠻小姐也有男朋友了麼？

我的印象裏，她是個被祖母寵壞的嬌嬌女，吃飯時會扭計，有時躲在桌子下面，要父母捧着碗追着哄她吃飯。她祖母與她玩這個捉迷藏吃飯方法，玩慣了，有時還要在客廳張開一把大傘，婆孫倆縮在傘下避雨吃飯。

她祖母遷就她，她母親可不肯，小小姐因此發脾氣，大哭大鬧，往往把一個大人攜眷聯歡的聚會弄得十分尷尬。後來，她就不肯隨父母參加我們的飯宴了，想來是她漸漸長大，有自己的主意，不肯讓父母擺佈，出席這些於她毫無趣味可言的大人宴會了。可不知道她的脾性和順了些沒有？

看到朋友的孩子，總有點乍然的驚喜，噢，一下子就這樣高大了，驚喜中又有些羨慕，好像這些孩子都是不費吹灰之力，見風就長的，朋友個個都不勞而獲，坐享其成地擁有長大成人的兒女，快要享清福了。

其實這都是隔的緣故。輪到自己的親身經驗，才體會出箇中滋味。

看別人的成果——孩子都牛高馬大、英俊漂亮，回頭看小女，說話還是字句顛倒，走路要一跳一跳，怕狼媽媽，容易受騙，不分是非黑白，可是偏要模倣大人的神情舉動，自以為大個女……唉，她幾時長大呢？歲月悠悠啊。

有個年紀與我相若的朋友，從事表演工作，事業心重，可是又想做媽媽，很是為難。難處是她的事業如日方中，那雖是她的志趣所在，卻十分奔波勞碌，若要懷孕生子，最少要放下工作一年，她又丟不下。

然後她自我開解說：「再等兩、三年吧，反正都是高齡產婦了。」

這話看似說對了，其實大有問題。對的地方是現在醫術日進千里，莫說四十歲做媽媽，就是六十歲的超高齡產婦，一樣生得出健康的孩子，產婦的年紀已不成為生育的障礙。問題是產婦雖沒有年歲界限，做母親的卻不能不受條件限制，高齡父母與幼齡兒女相處的最大難題，應該是有心無力。

這個「力」，是真真正正使力氣的力，舉例說四十來歲的父母可以與十來廿歲的兒女一起賽跑打球游泳，六十歲的老先生老太太就只好眼巴巴看着兒女愈跑愈遠，自己氣喘喘的舉步維艱。吃喝玩樂之外，還有溝通問題，年歲相距愈遠，共通的話題愈少，大家都有苦說不出。

說得切實些，人壽有限，兒女羽翼未豐，老父老母或已先走一步，這又如何對得起正需要父母之愛的孩子？

唉，說遠了，總之一句，人到中年，喜歡孩子，有能力做父母的人，還是趁着為時未晚，早作決定的好，免得明明是兒女，卻似含飴弄孫，暗自神傷。

BB世界的大煩惱

玲玲讀幼稚園高班，小女讀幼稚園低班，兩人是幼稚園同學，課餘又跟同一位教練學溜冰，雖然相差歲餘，相處並無問題。可是有一天，女兒悶悶不樂的告訴我：「我以後不能再和玲玲一起玩了。」

我的第一個反應是：「啊，她要轉讀另一間學校嗎？」

「不是。」女兒搖頭，「她不讀全日班了。」

這間幼稚園的課程是半日制，所謂全日班，是部分小朋友在上午放學後，留在學校裏吃飯，午睡，然後由老師陪同做功課、玩遊戲，類似託兒性質，女兒和其他十來個高、低班的小朋友，讀的就是全日班，大家吃睡玩樂都在一起，因此這十來個小朋友彼此熟悉，關係特別好。

看女兒不回答，我再問一次：「玲玲不讀全日班，不能跟你一起玩了？」

「不是的，媽媽。」女兒又搖頭，說罷嘆一口氣，狀甚苦惱。

正值晚飯時間，一家三口開開心心的吃飯談天，她忽然間愁眉苦臉起來，還要唉聲嘆氣，搖頭擺腦，欲言又止。發生甚麼事，天要掉下來了麼？

「唔，我知道了，你跟玲玲吵了架？」

女兒似笑不笑，「不是呀，唉，媽媽。」她邊說邊攤開雙手，「我怎麼會和玲玲吵架，和她吵架的不是我呀。」

我是個急性子，最痛恨忸怩作狀的人，像她這個要說不說，故意磨蹭的態度，是我的生平大恨。「不說就算了，吃飯吃飯。」

以退為進的方法果然生效，她慌忙捉住我的手，「媽媽，你想不想知道？」

「不想。」我一口拒絕。

「爸爸想知道。」說話的是女兒的廿四孝父親，已擺出渴望、期待，洗耳恭聽的表情。

「媽媽呢？」女兒轉頭問我。

「好吧，我也想聽。」我勉為其難地。

「呢，我和穎玲、Ivy、Mathew 四個人最要好，但是 Ivy 和玲玲吵架，穎玲和 Mathew

決定以後不跟玲玲玩了，唉，我要她們不要吵，但是，唉，我也不知道怎麼辦……」

上述這番話，女兒說得雖有條理，卻斷斷續續用了成分鐘，我聽得實在不耐煩，忍不住說：「她們吵架關你甚麼事，要你這樣為難！」

「喏，我就知道你不會明白，所以不想說。」女兒神情有些委屈，「你不知道我是真的很為難，Ivy 是我的好朋友，玲玲也是我的朋友。」

咦，聽出些苗頭來了。

我連忙扮演公正的說理人角色，對女兒說：「你既然跟兩邊的人都是好朋友，這就應該跟兩邊都講講道理，你看，大家都在一個課室玩遊戲，吵了架又有甚麼意思？」

「唉，我早已用過這個辦法了，但是她們都不肯聽，她們見了面就吵。」

「如果她們吵架，你告訴老師，請老師幫忙解決，好不好？」

「唉，媽媽，怎麼可以這樣做？」女兒看我的眼神都不對了，大概認定了我不是蠢蛋，便是個暗中告密、出賣朋友的小人，「媽媽，這不是要我告她們，要她們給老師罵嗎？」

爸爸說：「這樣吧，不管她們吵不吵架，你只管和她們都做好朋友。」

「唉，如果可以這樣做就好了。」女兒看爸爸一眼，大概覺得爸爸也不怎麼聰明，「問題是穎玲不許我和玲玲玩，不許和玲玲說話，否則她們三個人都不睬我。」

「那你怎麼辦呢？」我終於覺得事態嚴重，怪不得女兒這樣為難。

「我就不和玲玲玩囉，但是我又很想和玲玲玩，所以不知道怎麼辦。」女兒一臉無奈，又再搖頭嘆氣。

爸爸媽媽有一句沒一句的出主意，來來去去是同學間要和睦相處之類，要女兒盡朋友之道，兩邊周旋，設法說項，拉在一起做好朋友，其實都不是好辦法，因為她只要再和玲玲說一句話，這邊三個朋友馬上和她絕交。

我以為大人世界才有這些莫名其妙的糾紛，沒想到四、五歲的小孩也有人際關係的煩惱，而且一樣的是局外人難以明白局內人的矛盾和迷惘，真是難以想像。

一頓飯，女兒不知嘆息了多少回，連她老子娘都大受感染，陪着嘆氣了。忽然間，她眉頭一展，拍着手說：「有辦法了，我終於想出來了。以後我在學校裏和穎玲她們一起玩，在溜冰場上和玲玲玩。你們說這辦法好不好？」

這是權宜之計，虧她想得出，但是看她沾沾自喜，自以為高明，也罷，總算撥開雲霧見青天，她會得自己解決問題。暫且觀察，日後再跟進了解。

女兒有個惡媽媽

家庭聚會時，眾人逗小女玩，故意問一些刁鑽問題，例如誰最漂亮、誰最愛她之類，要她為難。她大概學聰明了，面對這些順得哥情失嫂意的難題，一概大大聲回答都漂亮、都愛我。

又有人問：那麼誰是世界上最凶惡的人？

女兒默不作聲，眾人卻哄然大笑，我回頭一看，小鬼頭口裏不回答，卻豎起大拇指，指向旁邊的我。

嗄，我惡？

大概真的露出了凶相，眾人又一陣笑，女兒睨着眼看我，一邊微微點頭，也在笑。是我那惡模樣印證了她對眾人的提示了，哼！只好馬上變臉，換個慈眉祥目狀，一邊笑着解嘲：

「這丫頭真會開玩笑。」

的確是講笑。自問是個嚴母，對女兒約束甚力，但這豈同於惡？對兒女教之嚴，是出於一片愛心，愛之深才會責之切。「惡」卻是另一回事，白雪公主那個後母皇后才叫做惡，不但不愛她，還要陷害她。灰姑娘那個後母也惡得交關，只會虐待灰姑娘。而我豈會虐待或陷害女兒？我只是稍為嚴厲些而已。

例如說：要出門了，着她穿鞋子，待我收拾好東西，預備起程，她還是坐在小板凳上，鞋子還是默默地待在一旁，催促她，她卻用委屈和看你怎麼辦的眼神瞅着你，這分明是討罵，她絕不會失望！

她總不肯主動喝水，無論我說了多少個喝水有益的比喻，她就是不肯多喝一口。看她喝水是最叫我怒髮衝冠的事，她咪着嘴，湊着杯邊，淺淺的啜一口，大概只有那一兩滴水在嘴裏。為了迫她喝完半杯，我往往在她面前凶神惡煞地監視，怎不令我暴跳如雷。

有一次就把那杯水潑在她身上。

督促她學習也是一件教人氣惱的事。

例如說做完了功課，要她寫練習簿，剛才寫得好好的一個「手」字，練習簿上出現的

「手」，卻多了一劃；又或者英文小楷「e」，在學校功課簿上的寫對了，在練習簿上的「e」，卻全部是相反方向。

我跳着腳問她是不是有學習困難症，她只睜着一雙不情不願、淚眼汪汪的眼睛看着我。這豈止討罵，簡直就是討打。生氣到極點時，她頭頂就要吃爆栗子。

不過，情況正朝着好的一面發展。

她在學習中成長，她老媽子，我也在教訓她的次數多了，有了新領悟。

自從她升上低班，功課多起來，這是她從未經歷過的事。她一向只是隨意地寫字畫圖畫，完全出於自願。忽然間要她一本正經地寫完中文寫英文，還要寫數目字，一版完了又有一版，寫錯了或寫得不好，要擦去重新再寫。這過程太刻板又太不愉快了，還要她做課外練習，豈不是百上加斤？

有一次我站在她旁邊，嘴臉如雷公地看她寫字，她寫對了，我點點頭，她忽然說：「媽媽，你如果不敲我的頭，我會寫得更好。」

我一步跳開，被五雷轟頂的是我。

痛定思痛，覺悟到小丫頭還只有四歲，她沒有準確的時間觀念，你夠鐘是你的事，她沒有甚麼要趕要忙的，她也沒有耐心，伏案寫字二十分鐘已令她精神緊張，興趣全無。我不能只站在大人的角度要求她怎樣怎樣，而是要替她設身處地想一想。

好，改變策略。以後凡事提早十五分鐘，夠她咪咪麼麼的慢動作了。做功課嗎，每次十五分鐘，每天溫習時間不超過四十五分鐘。

劍拔弩張，互相嘔氣的情況果然減少了。

但是，她居然還認為我「惡」？唔，非要好好的向她曉以大義不可。

媽媽變成十項全能

女兒要求一個弟弟或妹妹，不果。她說自己來，她要生一個BB，她會好好的照顧她。我回答：「很好，等你滿了十八歲再說。」

小孩心裏藏不住話，第二天她就告訴班主任，說媽媽已經答應讓她十八歲生一個BB。我去接她放學時，班主任好笑地問我，我也好笑地告訴她：「到她十八歲時，想法就不一樣了。」

既然定了日期，小丫頭就天天問她幾時生日，恨不得一步跨到十八歲。

我指着案頭日曆說：「這本日曆用完了，再換一本，又再換一本，一直換到第十四本，那時候你就滿十八歲了。」

小丫頭看我每天才撕下一張，嘆着氣問：「不可以多撕幾頁嗎？我到底還要等多久才到十八歲啊？」

十八歲的確是很遙遠的事，女兒大概心裏也明白，她退而求其次，要求一隻狗、一匹馬或一條牛，她希望搬家，搬到鄉下去。

女兒的種種想法，說穿了就是一句：寂寞。

記得朋友說過她的寶貝女兒十分霸道，她不許媽媽疼表哥，更不許媽媽再生BB，她要爸爸媽媽心裏眼裏只有她一個，只愛她一個。不過，這是這個嬌嬌女稍為長大了之後的事，在她小時候，何嘗沒有孤獨的感覺。

看女兒悶悶不樂，於心不忍，我說：「我們玩看醫生吧，你做醫生，媽媽做病人。」女兒搬出她的玩具藥箱，勉為其難的掛起聽筒給我看病。但是玩不了幾分鐘，興致索然，我還在哎喲哎喲的裝着頭痛肚痛，她已不耐煩的說：「媽媽你坐起來，你根本沒有病。」

我又變換戲文，提議讓她做媽媽，我做BB，我說：「你不是喜歡照顧BB仔嗎，現在先來實習實習。」

女兒覺得新鮮，把留着做玩具的奶瓶奶粉罐尿布BB衣服都搬出來，還要我扮BB仔哇哇的哭。

唉，人家魯迅先生都俯首甘為孺子牛了，我扮個BB又有甚麼大不了。只不過，做BB

仔只能躺着任由擺佈，又不許說話，實在沒有甚麼趣味。

我心裏叫苦時，女兒也厭煩了，她嘟着嘴抱怨我太巨型，「媽媽，我要一個可以讓我抱的BB。」

她對可以抱的洋娃娃卻又嗤之以鼻，說它們假，她寧願和幻想中的小朋友玩，方法是學孫悟空在頭上拔下一條毛，說聲變變變，變出許多小人兒，她就跟這些子虛烏有的人物說話、扮老師學生，或者玩打仗。

看她自言自語，手舞足蹈，我有些歡喜又有些愁。歡喜的是她找到排解寂寞的方法，還可以藉此發揮無窮的想像力；愁的是她的代入感太強，會不會跌進胡思亂想的虛幻世界，變成神經病？

為了不讓她從孤獨變成孤僻，我盡量讓她參與群體活動，可是這一來，做父母的就有得忙了。

潮流走的是親子路線，無論是社會、學校，都要求父母多與子女親近，道理說得對，我亦樂意奉行。於是除了不能與她同在幼稚園上課讀書外，其他活動我都參與了。

這天在路上遇到小軒媽，她陪兒子上完繪畫課，又趕着送女兒到芭蕾舞學校報名。但是她女兒只有三歲，學跳舞不太早了些？年紀這麼小，就要做豎起腳尖的動作，太辛苦了吧。

小軒媽笑道：「哪裏要學這些高難度動作，她們這個年紀，只是跟著音樂擺擺手，踢踢腿，而且是親子舞蹈班，可以和孩子一起玩，你也報名吧？」

我要上的親子課程已有音樂和溜冰，再加上故事閱讀，實在夠了。跳舞？謝絕參加，因為精神和體力都應付不來。

別過小軒媽，女兒卻跟我商量她想學繪畫。「你不用學，只是陪我上課，坐在旁邊看着我就行。這樣你不會太辛苦，我又可以和其他小朋友一起玩，你說好不好？」女兒會得技巧地提出要求了，真是大有長進。

看我猶豫，女兒又說：「是不是要看我今天的表現好，你才答應？」

我一邊點頭，心中在盤算，繪畫總不必花精力督促她練習吧，就讓她多一個機會與同齡小朋友一起玩也好。問題是，我雖然是陪同，卻要實實在在多上一門課呀。

女兒學這樣學那樣，寓遊戲於學習，是否成才不得而知，她母親，我卻快要變成十項全能了。

小腦袋裝滿了大問題

馬路上躺着一條粉紅色絲帶，女兒看到了，要拾起來，被我制止。女兒一步三回頭，對那段絲帶戀戀不捨，她很想用這麼一條絲帶做個蝴蝶結。我乘機教她路不拾遺。

「這條絲帶是別人掉下來的，她也許會回頭找它呢。如果不見了，多傷心？」

女兒點頭，「是的。不過，也許是別人不要呢？」

「就算別人不要，我們也不要。」我說：「我問你，這條絲帶可是你的？」

女兒搖頭。

「既然不是自己的東西，就不要撿。你還記得那天我們在游泳池旁邊看到一張二十元鈔票，媽媽都不要。總之不是自己的東西，就算是金銀珠寶、花花綠綠的鈔票，我們都不要。」我愈說愈理直氣壯，想起那天面對一張躺在水窪裏的鈔票，居然毫不動心，自覺德行高尚，可以再三拿出來提說，作為教導女兒路不拾遺的最好例子。

「那張錢錢我也不要。」女兒說：「濕漉漉的，污糟邋遢。」

「對。」我點頭，可想想又有些不對，再補充說：「就算樣子很乾淨的錢錢，只要不是我們的，就算是一千元，一大堆錢，都一定不要，知道嗎？」

「知道了。」女兒大大聲回答。

頓了頓，她抬起頭，認真的問：「不過，如果不是錢錢，是玩具呢？是糖果呢？」

我有些生氣，教女兒路不拾遺，她居然還要問這些小眉小眼的問題，令我這個見了錢錢都不肯拾起的模範市民很氣餒。

正要義正詞嚴加以訓誨，忽然想到，其實要跟她溝通，無論是教導也好，閒談也好，都要設身處地為她想一想才好。這個四歲小丫頭，她心目中最重要的當然不是錢錢，拿鈔票的價值跟她討論事情是行不通的。有一次在街市買了魚，我兩隻手都拿了東西，要她接一接魚販找贖回來的鈔票，她看到那一團骯髒相的鈔票，無論如何也不肯伸出手去，唉，她還嫌鈔票髒呢。所以我拿鈔票給她作比喻，是用錯了方法，她心眼裏一個破玩具都要比鈔票貴重些。

換句話說，是她媽媽——和大多數的大人，都把鈔票看得太重要了。

這也許是我從來沒有向她提及鈔票的重要性，她當然不明白鈔票的可愛，噢，錯了，是可惡。也不對，是——總之很有用就是。

看她天真爛漫，還有些奶娃娃的味道，實在不忍讓她年紀小小就沾染了大人的一腦袋銅臭思想，為此以後說話要檢點些，切勿開口閉口都一副金錢萬能的嘴臉。

這個視錢財如糞土的小東西，她腦袋裏的想法千奇百怪，不緊貼着照顧她的話，還不知道她想到哪裏，說的話是甚麼意思。

有一天，為了要她多喝兩口湯，我把個雜菜湯形容得天花亂墜，說是對皮膚好、對眼睛好，她只關心着問：「也補腦嗎？」

「補，不過，為甚麼要補腦？」

「我蠢囉，你不是老說我蠢嗎？從今天起，所有補腦的東西我都要多吃。」她一邊說一邊在碗裏挑起幾條粉絲，「媽媽你說這是甚麼？」

「這是春天時，天上落下來的毛毛雨，曬乾了就變成粉絲。」

「不對，這是慈母手中線。」

粉絲怎麼會變成慈母手中線？

「唉，媽媽，慈母手中線可以補衣服，也可以補腦。這是你煮的湯，這些春天的雨就是補腦的慈母手中線，可以補得三春暉。」

女兒的話說得很清楚，我每個字都聽得明明白白，但是我卻糊塗了。想了想，有些門路了，是女兒把個「補」字用得太奇妙，她把補衣服、補腦以至報得三春暉的「報」字都當作同一件事了。如此混淆，豈不蠢得無藥可救？

我笑道：「補你的腦袋，最好的方法是給你多吃幾個爆栗子。」

「你呢，粉絲又怎麼會是春天的雨？」女兒爸爸瞄我一眼，不很笑。

「我想像力好咯。」

「那麼你應該高興，你女兒的想像力比你還要天馬行空。」女兒爸爸說完，回頭只向着女兒笑。

這個爸爸很護短。

超重填鴨，做來何苦？

放學回家的路上，女兒興奮的報告，她會得加減數了。我心想，嘩，這學校真厲害，幼稚園低班就教加和減，到了高班豈不是要學加減乘除四則數，還來個雞兔同籠？

追問情況，原來加減數是高班的算術課程，並不是她的。女兒讀全日班，上半天上課，下半天有小睡、茶點、遊戲和做功課，由於讀全日班的學生不多，所以到了下午，高低班混合在一個大課室，同睡同吃同遊玩，又一起做功課。女兒和高班幾個同學合得來，大家圍着一張桌子做功課，就在這段溫習時間裏，女兒向高班同學偷師。

我問她 1+1 是多少？

「2。」，她很快回答了。

「2+1呢？」我又問。

「1。」，她一樣回答得飛快。

「2+1是3，2-1才是1。」我一個字一個字説得清清楚楚，然後點點她已經一頭霧水得眉心打結的小臉蛋，「你連加和減的意思都弄不清楚，哪裏會做加減數？凡事要按部就班，你先學會從1數到200再說。」

她卻問：「媽媽你教我加減數好不好？」

「教你可以，不過你學會了，還是要讀低班，讀完了低班才升上高班。」

女兒想了想，又問：「甚麼叫做按部就班？如果我學會了加減，可以快些升班嗎？」

要解釋「按部就班」很容易，我們和我們的祖先都受過師長這套訓誨，我們和我們的祖先都是在這種教育理論下成長，然後又影響着我們的下一代。

不過，人的資質有賢愚之別，按部就班這套標準是否適合每一個人？

外國有好些少年學生，因為領悟力和記憶力過人，別人還在讀中學，他已經大學畢業了，學歷和資格都受到承認，是名副其實的天才神童。如果這些學生都要遵守「按部就班」的教育制度，會不會埋沒了天才？

早年香港也出現過數學神童，對數學特別敏感，好像是心算比電子計算機還要快而準之類（本人是數學盲，詳情已記不清楚），上過電視，得意過一時，可是不久就沒聲沒息了。

不一定是這個小孩忽然失去了神奇力量，而是他必須在現行的教育制度下按部就班，隨眾的結果必然是平庸、腐化、再天才都沒用。

記得以前的學校還有留級和跳級這種量才施教的方法，程度追不上的要留級，程度特別好的可以跳級，例如說從三年級跳讀五年級。這種事情今日看似離奇，在以前卻的確時有發生。這一方面是學生聰穎過人，另一方面是家長督導有功。家長和學生兩方面努力的結果，是學生跳級。在時間方面，學生早一年畢業，在經濟方面，是家長省了一年學費。可是在今天，沒有留級，也沒有跳級，一眾學生，不管賢愚不肖，都要按部就班，沒有賞罰，沒有失望和希望，學習氣氛呆板，學生，當然是士氣低落了。

有個親戚生了個聰明的兒子，他領悟力強，觸類旁通，例如說他明白「1+1=2」之後，會得推算「1+2=3」、「1+3=4」，大家都說這小孩了不起，他母親不肯辜負他的聰明，決定要好好培養他，課外教材和練習買了不少，每日母子倆讀書寫字的時間亦不少。這個我們口中的「天才神童」，三歲做四歲的作業，四歲做五歲的作業……程度比同齡的小朋友高一些。

我很佩服這個母親肯用心思、花時間，也羨慕她有個聰明聽話的兒子，可是我又很懷疑這種教導方法在此時此地的作用。

因為儘管這個天才小子一年級已熟悉二年級的功課，但是他還是要花六年時間完成整個小學課程，到了中學，情況亦是如此。

在按部就班的中小學教育裏，這個天才小子不會佔到任何時間上的便宜，反而為了要多做一份功課（或許多份），而要放棄許多個人興趣，例如下棋、游泳、音樂等等。他母親說：「功課已夠多了，哪裏顧得上這些玩藝兒，白白浪費時間。」

但是她兒子學習高一級的功課，會不會也是一種時間浪費呢？

既然在我們的教育制度下，學生都要遵守已定的進度表，所謂大方向已定，學生只要按部就班，讀好份內的書便可以了。時間有餘，不妨參與其他興趣班，讓個人才能有多方面的發展，總好過做個日夜加班的讀書機器。已經是填鴨了，還要做超重的填鴨，這於身心都無好處。

童話裏的不良意識

女兒的學校每星期派發一本故事書，這是家長和子女一起做的功課之一。這天，女兒要爸爸說故事，爸爸捧着書邊看邊說。我忙出忙入時，聽到女兒問：「公主為甚麼要和王子結婚？」爸爸回答：「因為王子幫助她囉。」我心裏大叫糟糕。

「你怎麼可以這樣說？」我衝上前大聲責問。

「書裏是這樣說——」女兒爸馬上舉起書，隨後看女兒一眼，大概知道問題所在了，轉而含糊其辭：「公主和王子結婚呢，其實是兩個人合作，一起對付惡毒的皇后。」

這其實也不是好答案，我很後悔沒有先看看書名，否則像「白雪公主」這類童話故事，我一定會自己給女兒解說，免得她爸爸依書直說，結果是給女兒打了毒針都懵然不知。

「接受了人家幫忙，就要以身相許？你想想這是甚麼思想教育？」我嘟噥不休，十分氣惱。

好不容易故事終於説完了，王子公主把巫婆皇后打敗了，跟着要做閱讀報告。

「這本故事書裏的人，你最喜歡哪一個？」爸爸問。

「白雪公主。」爸爸寫下來，又問：「為甚麼？」

「因為她最漂亮。」

「唔。」爸爸記下了，大概看到我的雷公嘴臉正瞪着他，馬上對女兒説：「白雪公主不但漂亮，她還很善良。這一點很重要，是不是？」

女兒並無異議，爸爸的功課總算做完，鬆了一口氣。我不忘提醒他：「下次跟她説這類故事，記得要變通，免得誤了她終身。」

女兒爸覺得我言重了，也許大多數男士都會認為我庸人自擾，不過是童話書罷了，而且是世界名著，大人小孩都喜歡的白雪公主，何問題之有？

唉，男士們當然看不出這些書出了甚麼問題，如果是父親跟兒子一起看白雪公主、睡公主或者灰姑娘這些童話，一定會覺得王子英勇不凡，父子倆都會在英雄救美的過程裏，樂趣盎然。

如果小男孩可以在這些故事裏，認識到自己要做個頂天立地、保護弱者的英雄好漢，未嘗不是女性之福。可是事實未必如此，記得我曾經對一班小學生說睡公主的故事，事後問他們的想法。小女生沉醉於睡公主的華衣美服和漂亮容貌，小男生呢，對睡公主的評價是：「啲女仔冇鬼用！」說完還要「嗤」一聲，表示不屑。

事實上，這類童話書對女孩子的教育意義在哪裏？

如果有，也是十分負面的：

女孩子一定要溫柔，溫柔的意思是低聲下氣、眼淚汪汪、楚楚可憐；

女孩子一定要善良，這種善良的表現是愚蠢無知、不辨黑白、不識好歹；

女孩子一定要長得好看，這是最最最重要的一點。否則吃了一百個毒蘋果，被毒針刺了一千次，睡了、死了萬萬年，都不會吸引王子來看一下。

有了溫柔、善良、美麗這些條件後，弱質女流就開始她一生唯一的目標：等待白馬王子出現。

有多少女子受了這些故事的影響，一生盡做白日夢？

這些故事，到了今天，你說，怎麼還可以不作變通，對小孩子依書直說？

說起白雪公主，又記起七十年代初，一個在油麻地避風塘長大的漁家女。這個綽號「白雪公主」的女孩，當時只有八、九歲，因為膚色比較白，大家就叫她「白雪公主」。

「白雪公主」沒有正式上過學，只靠義工每星期到避風塘兩次，在某隻船上開班講課，她和其他年紀不一的女孩就在這時候一起讀書認字。她活潑聰明，會得看簡單的圖畫書，義工遊說她父母讓她到岸上的學校讀書，聲稱學費雜費全免。

她父親說：「她上學去了，弟妹們誰來照顧？」

她母親附和說：「要讀也讓弟弟讀書，她一個女子，反正要嫁人，讀書做甚麼？」

「白雪公主」的表現是無所謂，她唯一緊張的是她的皮膚。無論天氣多熱，她都戴帽子穿長袖衣服，有機會就躲在船篷裏避陽光。她知道自己的皮膚比一般水上人白，很是珍惜。有人叫她「白雪公主」時，她必定報以甜甜一笑。

她有一本珍藏的圖書，就是「白雪公主」，那是她生日時，義工送給她的，她在書本的空白地方畫了許多漂亮衣服，寄託了她的幻想。

有一次問她長大了要做甚麼，是不是做服裝設計師。她撇撇嘴說：「靚衫梗係自己着啦，做乜要做俾人嗝。」

然後她說出自己的志願：「我大個要去選美，做咗香港小姐，就嫁俾有錢佬！」

「白雪公主」心目中的王子是「有錢佬」，這也是時代的一種進步吧。

事隔多年，當年的避風塘已經滄海桑田，變成林立的高樓大廈，「白雪公主」不知怎麼樣了，有沒有遇上她的「有錢佬」呢？

小女子的美與醜

家庭聚會同吃晚飯，席上有紅燒肉一盤，女兒吃了兩塊，要來第三塊時，姨媽姑爹就說：「吃這麼多肥肉，你要做肥豬仔嗎？」女兒靦靦覥覥的笑，放棄了她心愛的肥豬肉。

輪到我說話了：「由得她吧，小孩子正需要一點脂肪補養身體，何況她並沒有吃過量。」

這個紅燒肉，做法簡單，味道也好，是我的拿手好戲。每逢過時過節，若在家裏吃飯，別的菜式其他家庭成員負責，我只獨沽一味紅燒肉。事實上也只得這麼一兩道板斧，居然頗受歡迎，女兒每次都翹着大拇指說媽媽煮的菜好味道。

女兒喜歡紅燒肉自有其原因，她年歲漸長，乳齒之間出現縫隙，瘦肉的纖維往往塞在牙縫裏，令她不舒服。每吃一塊肉，事後都要用手和牙線在牙齒間忙亂一陣，故此她對這些燉得近乎酥爛的紅燒肉情有獨鍾。這個紅燒肉又是我做的，看她吃得津津有味，我當然是老懷大慰。做母親的人總該有一、二個綁得住兒女心的小菜，教他們一輩子念念不忘，起碼在學校作文時，遇到「我的母親」之類的題目，亦不至於交白卷，這才算及格吧。

當然我並非為了女兒喜歡吃我做的紅燒肉而說盡好話，那只算題外話。實在的原因是小孩子的確需要肉食，不但是瘦肉，也要帶適量的肥肉。脂肪是人體發育的必需，缺少了它，像竹竿和枯葉似的又瘦又乾，既不健康亦不好看。

減肥是成年人的事，就香港一地來說，是這二、三十年來，昇平盛世，許多人在飲食和勞動方面完全不能平衡，光吃不動，不動如山的結果是體型龐然，恰似一座大山。

至於小孩子，也會變成龐然巨物，那當然要多謝他們的父母，他們的父母不准他們多吃肉類，甚至不准多吃飯，但是容許他們有許許多多五花八門的垃圾零食，又因為功課多的原因，限制他們的課餘體力活動，自然而然地，小孩子都變成一隻又一隻的肥豬仔。

體型向橫發展的大人，米已成炊，難以挽回，自我痛悔也可，自我懲罰也可，甚至要過清教徒的生活都可以，但是對於正待成長和發育的孩子，最好多留餘地，與其限制他們一日三餐的正常吸取量，倒不如管制他們對零食的取向。要知道他們在飯桌上吃不飽，或許會在炸薯片、炸雞腿或牛肉包之類上尋得超額的滿足。

更錯誤的態度當然是嘲笑那些已經肥胖的人。

有一天，女兒拿了一本周刊的漫畫要我解說，因為她看來看去都不明白。那四幅插圖的大意是有個小孩看到一隻蝴蝶，他很喜歡，於是佈置了一盒花草吸引蝴蝶，豈知蝴蝶飛去，卻引來一隻飛蛾在花朵上跳舞，男孩的表情是大失所望。

女兒對蝴蝶和飛蛾都無惡感，只是不明白那個男孩為甚麼有一種要嘔吐的神情。她問我，我反問她，她留神再看一會，恍然大悟，「媽媽，我明白了，蝴蝶瘦，飛蛾肥，他就不喜歡了。」

「肥」真是那麼討人厭麼？女兒又說起她學校的同學，某甲是個胖小子，一向與眾同學合得來，忽然有一天，大家爭玩具，鬥口時，有人衝口而出：「你肥到似隻豬呀！」此後，同學就以「肥豬」稱呼這位同學，偏偏他又真的姓朱。

女兒說：「我不和他說話了，因為其他同學笑我和肥豬玩。」

我說：「肥有甚麼問題，你爸爸也是個胖子，你就不認他了麼？」

女兒把身體扭來扭去，紅着臉，十分矛盾。

又一天，翻出舊衣服要女兒試穿，她穿上了，在鏡子前照來照去，歡歡喜喜的說：「媽媽，裙子短了，我高了。不過還穿得下，原來我沒有肥。」

我有些生氣，「就算肥了，又有甚麼要緊？」

「肥了就不好看了。」女兒壓低聲音，在喉嚨裏嘟噥了一句，偏偏被我聽到了。

肥胖等於難看，這就是小女近日學到的審美觀念。再說又一天，到酒樓晚飯，相熟的酒樓經理來打招呼，又逗女兒說話，問她喜歡吃甚麼，女兒回答：「我喜歡吃豬肉。」

「唉吔，你不怕肥麼？」經理作大吃一驚狀。

「我，我以後不吃了。」女兒紅着臉，好像做錯了事，要說對不起。

這兩天，女兒只吃白飯。不是沒有菜，是母女倆在鬥氣、角力、比耐性。

女兒問：「只吃瘦肉可以嗎？」

「不，要吃就連肥肉一起吃。」

「肥肉……」

「肥肉令你的皮膚光滑圓潤。」

女兒想了又想，想了又想，終於挾了一塊半肥瘦，咬了一口，吞了，又伸筷挾另一塊。

「只准吃三塊！」媽媽說：「否則就過分了。」

天下有不是的父母

升降機的門關上前，我聽到女兒爹說：「不要這樣子，放了學又可以見到媽媽……」

我關上家裏大門，兀自在門邊呆立，想起剛才對女兒的態度，心裏無限懊悔。

每天早上，女兒出門上學時，必與媽媽來一次隆重的告別儀式。她兩手圈着我頸脖子，嘴巴在我臉上左親一次、右親一次，末了還要嘴對嘴親一下。有時候匆匆出門，升降機都來了，她還是要堅持完成這個告別儀式。

但是今天，出門時她仍在説東説西，升降機來了，因為裏面有乘客，她爸爸催她。她跑到升降機門邊又折回來，伸開雙手，要向站在大門邊的我行告別禮，我不知怎麼搞的，心煩氣躁的一邊揮手要她走，一邊説：

「不親了，不親了，你走吧。」

她煞停腳步，呆了呆，猛然轉身跑向升降機，嘴裏大聲嚷：「我不喜歡親你了！」電梯門關上之際，就聽到她爸爸勸她。她大概紅着臉，淚水在眼眶裏打轉，說不定還扭着手指，跟自己過意不去。

而我在她轉身邊走邊嚷時，馬上清醒過來，想起她由焦急熱情，一變為委屈憤怒的小臉，既後悔又心痛。

我們總在無意中傷害了別人，父母子女之間何嘗不是如此。

也許對於外人，我們還會步步為營，免生是非，為此總是客客氣氣，以和為貴。但是偏偏對於最親愛的家人，就欠缺了耐性和禮貌，造成許多誤會和遺憾。

為甚麼對於血脈相連的家人，會變得冷淡與不耐煩？進一步說，對別人我們往往會堆着笑臉，表示理解，表示同情，表示親切，卻是對家人面無表情不聞不問，或者粗聲粗氣，惡顏相向？

從拒絕女兒的吻別，想到這一向往往拒絕與她同遊戲，又拒絕聽她的長篇大論，她只好獨個兒抱着玩具狗、玩具馬自言自語，很孤獨，也很淒涼。

當然，要與她同遊戲，有時會很無聊，例如她一度迷上《西遊記》，她是理所當然的孫悟空，我卻要扮各種妖怪；也會吃不消。

講到說話，記得她初生滿月時，有個朋友來看她，她已經依依阿阿的說個不停，那位朋友說她十分 talkative，事實證明他的判斷正確。小女的確喜歡說話，還要是開辯論會講道理，列舉正反理由，非要說服別人不可的那一種。她有無數「因為」、「然後」、「所以」和「結果」的開場白，她老娘可沒有這個耐性，往往是用「好了，你說夠了，現在，住口！」這句話，斬釘截鐵的打斷她的千言萬語。

但是回心一想，她沒有年紀相若的兄弟姊妹，她這個年紀又是活潑好動，想像力豐富，意見多多的時候，除了父母，她還可以找誰去宣泄她的體力和想像力？

說來說去，還是我錯了。我有甚麼要緊的事，比得上女兒向我的親吻？又有甚麼說話，比女兒要向我說的心裏話更重要？

女兒的媽媽當然愛女兒，但是不能只在嘴邊說，也不能只憑個人情緒，忽然間愛死了，盡買禮物送她，說盡甜言蜜語；忽然間又恨死了，對她不瞅不睬，當她是個負累。

如何做父母的確是一門大學問。

兒女會長大，他們會選擇自己的愛和恨，在他們收集和摒棄時，會不會篩掉與他們關係疏離、無法溝通，甚至令他們憎恨的父母？

也許不至如此，但是如果兒女對老父老母的態度，只如在廟裏供奉的一尊木偶，只管按時上香；或者欄柵裏養着的牛、馬，只給牠們溫飽，這樣的生活對老人家又有甚麼意思？

我現在想到的是閒坐在公園裏的老人，他們美其名是曬太陽，其實是無處話淒涼。他們的兒女不是不照顧他們，但是好像隔了一層，變得無話可說。

如果父母子女的關係，從早年開始，恆久不變地保持親密，情況是否會好一些？

我這個做媽媽的，為大局想是不讓母女關係疏離，為自己的利益想是不令自己老來變得尷尷尬尬地無所適從，決定由今日起，耐心聽女兒說的每一句話，無論是附和或否決，都給予意見和解釋。

不過，媽媽到底是媽媽，女兒到底是女兒，母女關係可以像朋友，但是絕不能平等，意思是可以無話不談，卻是不能越過禮儀大防，女兒對母親一定要尊敬。

只是要做個令兒女尊敬的母親，也有條件，如莊敬自強、好學不倦、不與時代脫節等等，否則連話都接不上，哪裏還可以溝通？

願共勉！

為兒女做個好榜樣

與女兒乘搭地下鐵，剛走進車廂，忽然被後面的人一推，女兒一個踉蹌，幾乎跌倒。原來是幾個拿着快餐食品的小學生搶着佔座位，後面還跟着他們的家長。

女兒站定後，瞪他們一眼說：「爭先恐後，不守秩序。」

小學生在嚼炸薯片，沒理她。女兒又說：「車廂裏不許吃東西。」

那幾個男女生吃得正高興，沒聽見，卻是其中一個站着的家長轉頭瞄了一眼，神情有「關你甚麼事」的意味。

小女的媽媽——我，飛快地也用眼神作回應，瞄了那個大概是媽媽的女人一眼。

還好我們只搭一站就要轉車，兩隻張開翅膀保護小雞，並且已擺出戰鬥格的母雞沒有機會作進一步發展。否則第二天的報紙某個角落裏，可能會有一小段花邊新聞，報道兩個女人莫名其妙地先是口角，繼而動武……。

大人的眼神交戰，女兒全不知道，她走出車廂時，還悻悻然的説：「不守規矩！」

我本可以要她閉嘴，乘機教導她不要多管閒事，做人最重要的是明哲保身之類，但還是忍住了。趁她現在年紀小，出入有父母陪同保護，只要她並非顛倒是非，惡意傷人，何妨讓她保持不平則鳴的俠義精神。等她稍大些，才讓她知道黑與白之間，有一大片令人迷惑的灰色地帶吧。

所以我回應女兒説：「是的，那些小孩子沒規矩，你不要學他們。」

「我知道。」女兒大力點頭，同時緊緊地握了我的手一下。

女兒卻不知道她媽媽的那句話是離開車卡後，背着人説的，唉。

我們教導小孩子，總要他們誠實、正直、守規矩，還有保持清潔、愛護環境以及戒貪心、戒懶惰之類。有人認為這種德育很老套，調教出來的不過是一塊四四方方的木頭，既不能鑽營進取，甚至不能保護自己。

記得有個媽媽聽到我向女兒講施比受更快樂的道理時，大不以為然，她認為這會令孩子變得不珍惜、無所謂，慷慨大方的結果是自己一無所有。她説：「比喻説金錢，當然是自己愈多愈好，為甚麼要分給別人？」

我說：「這個我倒不擔心，除非她智力有問題。」

說真的，人性自私，每個人都必要學好自保之道，也不要傻得絕了自己的後路，與其說擔心孩子變成一塊四四方方的木頭，倒不如想像一下他自私小器、損人利己那種可憎面目吧。

做人最好是外圓內方。但是在小孩子面前，方方正正是最好的態度，不管你心裏是尖是圓。

例如說有一次一大夥人坐車郊遊，其中一個吃了糖後，把糖果的包裝紙往車窗外一拋了事。我看不過眼，直斥其非，豈知這位太太反問我：

「垃圾不丟出去，難道還留在車裏不成？」

你說這是甚麼話？不知坐在她身邊的兒子當時怎麼想。

最令人難受的是上個星期日，小女在溜冰場上課後，到我身邊喝水休息。對面座位原本有兩個小孩在吃喝，他們離開後，女兒要我看，椅子上留下一個亮晶晶的十元硬幣。

我說：「不管它，不是我們的。」

過一會，我旁邊坐着的男人輕輕推他兒子，向前示意。那男孩比小女高半個頭，大概五、六歲左右，他扭着身子，不肯踏出腳步。

男人在他耳邊說：「快些，不然讓別人撿去了。」說罷猛力推了男孩一下。

男孩被推了出去，手一伸，迅即撈起那個硬幣，回到男人身邊。男人接過硬幣，塞進腰袋，隨即翻看報紙，若無其事。卻是那個於心有愧的男孩，左看看，右看看，神情尷尬不安，他看到小女望着他，馬上登登登的踏着溜冰鞋跑進場裏去了。

我對女兒說：「你該上廁所了。」拉着她走開，惟恐她多言多語。

心裏不免暗嘆：真是個不要臉的爸爸！

有人男盜女娼，為的是養兒育女，情況令人同情，但是這個貪心的父親，卻在眾目睽睽下，迫兒子做賊，這可怎麼說呢？

這個父親還有甚麼資格去教育他的兒子？

我要說的是，既然為人父母，即使本性如何惡劣，在兒女面前也要做個好榜樣，千萬不要禍延下一代，要知道他們還有好長一段路要走，他們需要尊嚴，他們有羞恥之心。

「媽媽，我想坐飛機！」

女兒看着海面上飛翔的鳥，欣羡地説：「如果我有翅膀就好了，我可以飛到東飛到西，冬天飛到温暖的地方，夏天又飛回來。」我隨口説：「不一定要有翅膀，坐飛機也可以飛來飛去。」女兒馬上説：「就是囉，媽媽，我想坐飛機。」

糟糕，我又勾動她那根渴望旅行的神經線了。

在機場未搬到赤鱲角時，我們的房間可以看到飛機在天上飛來飛去。有時是起飛後，以雷霆萬鈞之勢，直衝雲霄，鑽到雲堆裏去；有時是預備下降，機速減緩，像隻巨大的蜻蜓在窗外的大廈之間劃過。

每到晚上，母女倆在牀上看飛機，女兒一邊與瞌睡蟲鬥爭，一邊扳着手指數她見到的飛機。黑夜中的飛機亮着紅燈、黃燈和綠燈，一閃一閃的，另有一種魅力。有時因為機場繁忙，飛機不能馬上下降，便會在遠處盤桓，這時候很難分得清楚到底是星星還是飛機，母女倆會為此爭論。女兒説飛機，媽媽説星星，最後要找爸爸來判決。

女兒視力好，爸爸有眼鏡幫助，而媽媽是個輕微近視眼，往往輸了。爸爸説：「是飛機！你沒看到它在移動？」

女兒歡呼：「好了，我贏了。」

媽媽不服輸，説：「是流星。」

女兒沒有見過流星，事實也沒有幾乎停滯不前，只在天上打圈圈的流星。

有時天氣不好，陰雲密佈，甚至雷雨交加了，我們看不到飛機便在牀上聽飛機。飛機在雲層裏飛過的聲音，陰鬱低沉，好像困着的野獸在怒吼。我説嚇死人了，還是在家裏蒙頭大睡的好。

女兒説：「唉吔媽媽，坐在飛機裏面便聽不到它吵了。如果你真的害怕，我們等天氣好時，才坐飛機吧。」

天氣好的時候比不好的時候多，不過她也明白坐飛機不比坐汽車，喜歡甚麼時候坐就甚麼時候坐，可是每隔一段日子，她想坐飛機去旅行的毛病就會發作。

而「發病」的過程，據她爸爸觀察所得，是循序漸進，有計劃地一步接一步的。首先是在早餐問題上出花樣，問她要吃甚麼，她說要洋蔥蘑菇火腿奄列，一會兒又想要薄牛扒和烘薯，再想想又改變主意，要一碗白飯加一片鹹魚（日式早餐）。家裏又不是開餐館，哪裏有這許多款式供應，爸爸說去茶餐廳吃罷。女兒覺得爸爸笨，不了解她的意思，她只好明明白白說出來：

「如果在酒店吃早餐，不是有這許多東西吃嗎？」

「上個星期日不是在酒店吃過自助餐麼？」媽媽提醒她。

「我不是說在香港的酒店，我是指坐飛機去旅行時，住的酒店。」

這問題不好再討論，我下結語：「坐飛機要很多錢，媽媽現在很窮，遲些再說。」

經過游泳池，女兒拉拉爸爸，在爸爸耳邊說了幾句話。父女倆一邊點頭一邊笑。我問他們說甚麼，女兒搖著頭要爸爸別說，因為媽媽一定不准的。

但是她還是忍不住告訴我：「媽媽，我剛才跟爸爸說，我想起我們去旅行時，我和爸爸在酒店游泳池玩，我幾乎跌進大人游泳池裏，我們玩得很開心。」

她把「秘密」告訴我，是因為她憋不住要問：「我們再去旅行好嗎？」

女兒喜歡旅行，一來是爸爸媽媽廿四小時與她在一起，此外有幾次出門，為了遷就她，都選擇陽光海灘的地方，讓喜歡嬉水的她，盡情樂個夠。而度假式的旅行，吃喝玩樂都很隨意，連小孩都感受到那份輕鬆自在，難怪她每隔一段時候便要「病發」。

大概見我對旅行一事沒有甚麼反應，她只好把這種想念說給她父親知道。有一次她坐在馬桶跟他爸爸說：「我喜歡日本的廁所，一按就有熱水洗 pat pat，pat pat 多乾淨。」

有幾次她賴在牀上，一邊伸懶腰一邊對爸爸說：「好舒服，好像睡在酒店的大牀上。」

好幾個晚上，她要爸爸拿照片簿給她看，兩父女嘻嘻哈哈的看旅行照片，末了她慫恿爸爸：「你去問媽媽，想不想去旅行？」

我的表現是無動於衷。

女兒退而求其次，不提旅行，只想去機場走一走。機場不是去過了嗎？可是她笑道：「媽媽，我是說在機場裏面，拿些香水噴噴，好不好？」

機場候機室的免稅店，陳列了試用的化妝品，我曾在她身上手上噴過各式香水，她念念不忘。可是候機室在禁區裏，不坐飛機，憑甚麼走進去？

咦，這丫頭難道會得轉彎抹角提出要求了？

昨天，父女倆又討論到飛機場，女兒說她不知道新機場在哪裏，她爸爸說：「你去過兩次，怎麼忘記了？」

女兒氣鼓鼓回答：「我又沒有在那裏坐過飛機，怎麼會記得？」

後來她爸爸問：「你想去哪裏旅行？」

「奧地利！」女兒想也不想就說出來，「我要像瑪利亞一樣，在山上唱 The Sound of Music。」

她爸爸覺得她可憐，我則覺得她可恨。奧地利？嗯哼，真是愈想愈遠了。

修花剪草，乘機教女

趁着春天，萬物好生長，我動手整理盆栽。女兒坐在小椅子上，看我揮動花剪，刷刷聲中，花枝樹葉紛紛倒下，她嘴裏哎喲哎喲連聲，終於忍不住問：「你這樣剪它們，它們不痛嗎？」

我說：「它們沒有抗議呀！」

「唉媽媽，它們當然不會抗議，它們又不會說話，又不會躲開，就算很痛都沒有辦法讓人知道。」女兒說得很有道理。

說真的，植物會不會有痛的感覺？

許久以前看過一篇文章，有人用測謊機之類的儀器替植物做試驗，報告說植物在陽光下有歡欣的顯示；放隻咬它的蜘蛛在它身上，有害怕的表現；用沸水澆在植物身上，儀器的報告板標示出植物被嚇昏了，處於休克狀態。

我把這篇文章的內容大意告訴女兒，她縮着身子，神情有些毛骨悚然。

這篇文章還有下文，因為有人問：那我們還要吃蔬菜水果嗎？

於是科學家又做試驗，把一棵白菜洗而切之，烹而煮之，據說植物的情緒表現複雜，既痛苦又快樂，最後帶着為人類犧牲的偉大情操壯烈成仁，意思是高高興興地死去，被吃掉。結論是蔬菜水果可以多吃，因為它們要通過人類的嘴巴才達到捨生取義的生存目的，不吃它們反而對它們不起。

我把白菜的故事也告訴女兒，她好像聽了個笑話，邊笑邊說：「我明白了，你是要我多吃蔬菜。」

你看，偉大的科學實驗竟然淪為笑話，讓個四歲女孩笑得捧住肚子，眯起眼睛像隻小花貓。

偉大的科學實驗教女兒笑，但是看我動手整理盆栽，一地的花葉，還有不小心把未開的花蕾都剪下來，她就萬二分的捨不得。

她呢呢喃喃的怪我不小心，不斷的問我為甚麼要剪它們。根據她的說法，她會心痛，一旦心痛，眼淚就會飄起來。

在她眼淚未「飄起來」時，我向她解釋必須要修剪花草的原因。那盆竹子，堆生在一起，互相盤纏糾結，早就要為它們分家，移植在兩個大花盆裏。這株尺來長，一枝獨秀的草莖，由一粒黃豆變成，恐怕會長成一棵大樹，不移放在一個深廣的花盆裏怎麼行？不過，真正要我大動手術的是兩盆茶花。

這兩盆茶花，一盆粉紅，一盆深紅，是老虎新年買來的，花開花謝也沒理它。粉紅的一盆，辭去舊花後，馬上結了一樹新蕾，總有百來個之多，大家都說好。可是到了白兔新年，它還是沒開花，細看那些花蕾和葉子，都枯乾了。不知是營養不良還是被蟲蛀壞了。反而是深紅色的一盆，幾乎是立冬之後才見花苞，數目不多，但是從立春到如今，先後開了十數朵斑斕的大紅花，算是為新年添個好氣氛。

讓我大開殺戒的是粉紅色的一盆，刷刷刷之下，泥土上只剩一截光禿禿幾寸長的枝幹。我一邊剪一邊對女兒說：「這盆花是小時了了，大未必佳的最好證明，那一盆呢，是龜兔賽跑，後來居上的意思。」

女兒當然不明白我說些甚麼，我只是趁機向她解說她的問題。

女兒習慣了接受讚美和掌聲，她無論做哪一件事，或自己穿好鞋襪，或寫出一行句子，或完成一幅圖畫，或者表演了幾個時裝模特兒的走路姿勢，我們都說好，並且總在應得分數上再加五十分。直接的效果是她高興，我們高興，大家一團歡喜。這不但是家裏如此，學校亦如此；不但是父母親人對她如此，是老師和朋友亦對她如此。但是讚美和掌聲拿得太容易，會不會有反效果？

一個人對自己有信心是好事，可是一個剛起步的小孩，在大人的溺愛和縱容之下，誤以為自己多才多藝、卓越不凡，由此而造成的信心爆棚、驕傲自滿，一定會妨礙了他日後面對高難度挑戰時的進取心和意志力。

不僅是小女的情況如此，我看現在的大人對孩子的基本態度就是這樣。好話易說，因此總是好話説盡，美其名曰鼓勵、曰培養孩子的自信。用意雖然好，可是尺寸難以掌握，往往過猶不及。例如小女喜歡問：「媽媽你話我叻唔叻？」「你點解唔話我叻女嗰？」如果我對她的表現表示沒甚麼了不起，她就會覺得委屈，說不定還會「飄」出眼淚。看，已經不能承受批評了，又如何擔得起失敗的壓力？

我要為女兒解説的道理很簡單，用那盆粉紅色的茶花做比喻：滿樹花蕾只是一個開始，看來很有天分，很有希望，可是它結果都開不出花兒，得不到真正的讚美。至於深紅色的一盆，雖然「學習」進度慢，看來笨了些，但是它沒有氣餒，努力的結果是開了一樹紅花，它才是真正的叻女第一名。

女兒邊聽邊點頭表示明白，卻又有猶豫之色，終於吞吞吐吐的指着粉紅色那盆茶花問：

「是不是它不努力，表現不好，讓你生氣，所以你把它的樹枝樹葉都剪去了？」

咦，潛台詞會不會是「如果我不聽話，讓你生氣，會把我的手腳都剪掉？」

大事不好，還要再解釋。

教育與製盆景

女兒大概餓慌了，看她大口大口地吞吃芝士焗意大利麵，邊吃邊豎起拇指說好味道，眉飛色舞，手和嘴巴都忙不停。漸漸的就忘記了吃食禮儀，她嘴裏塞滿食物，嘴角掛着意大利麵，還有巴達巴達的咀嚼聲音，儀態盡失。

自從我被教會了飲食時不要發出聲音後，就很怕聽到這種咀嚼聲，這種巴達巴達聲音從耳朵裏鑽進去，教人腦袋發脹，坐立不安。推己及女，小女自會聽人言以來，我就一直要她注意吃相，千萬不要弄出豬玀吃食的聲音。小女平時都記得，但是餓到飢不擇食時，就連皇帝聖旨都拋到九霄雲外，只知道狼吞虎嚥。

但是皇帝聖旨可以不顧，她娘親的訓令怎能忘記，特別是她嘴巴發出的吃食聲，聽得我耳朵發痛。於是我拉長了臉，拖長了聲音，「唔——」。她看我一眼，馬上更正食姿，用叉子把麵條一根根放進嘴裏，合着嘴唇輕輕的咬，樣子十分勉強，看來倒像沒牙齒的老太太用唇皮磨着食物。

女兒下午沒吃點心，晚飯又遲了，她的餓是十分真實的，她急不及待的吞吃是十分必然的，所謂衣食足方知榮辱，她都餓壞了，哪裏還顧得上禮儀，吃飽最正經。看她吃得多快樂，多盡情，我醒悟到自己不該在這時候給她看臉色，讓她聽教訓，一切留待她填飽了肚子再說。

我想起小時候看過的一本俄國小說，講的是沙皇被推翻前夕，民生困苦，每日都餓死不少人。有一家人，五六個孩子，父親從軍去了，不知所終，母親在礦場做工，備受剝削，這一家人一直在飢餓線上掙扎。有一天母親有了一點錢，買了麵粉烘了熱麵包，還煮了一鍋菜湯，一家人圍坐吃晚飯，飯前還要感謝上帝，多謝祂賜予美食。小說的始末我都忘了，就只記得這一家人吃這一頓飯的情景。母親照例是不怎麼餓的，所以孩子們先吃。孩子們不知多少大沒見過熱湯熱麵包，歡天喜地，幾隻小嘴巴呼嚕呼嚕的喝熱湯，巴達巴達的嚼麵包，這種吃食聲音匯合成一首節奏急快的交響樂。孩子的母親開心地看着看着，竟然暈倒了。她其實是餓壞了。

小說裏描寫這一頓晚飯的情景令我印象難忘，回頭看女兒，在我的忍耐和容忍之下，她不久又恢復本性大口咀嚼食物，如狂風掃落葉，不消十分鐘，一大盤意大利麵已一掃而空。她抱着肚子，舒服得歎著氣說：「媽媽，我飽了。」

我心想，若要教她飲食禮儀，首先不要讓她處於飢餓狀態，否則一切都是空話。

咦，我能夠這樣想，的確比我小時候教導我的長輩明理得多了。記得我讀小學時，吃午飯有修女在旁邊監視。一飲一食都要遵守規矩，十分繁瑣，而且十分嚴厲，誰要是吃飯發出聲音，初則警告，繼而是罰停。修女的耳朵特別靈敏，大家吃飯都要吞聲忍氣，我現在對咀嚼聲的敏感，就是那段時候培養出來的。

不單是吃飯禮儀，就是言笑走路、一舉一動，都有許多規矩要守。最記得有一次在斜路上伸開雙臂扮飛機，正在俯衝跑下來時，被修女截停，結果是在聖堂跪半日，罪名是行為不檢。

這些懲罰，都受得很冤枉，這些要守的規矩，許多都違反孩子的天性，矯枉過正的結果，孩子不是照單全收，變成呆木頭，就是全部拒絕，特別反叛，真正的好說話都不要聽了，偏要做隻撲火燈蛾給你看。

大人教導小孩，本來都出於一片好心，所謂十年樹木，百年樹人，好些做人的應有條件和規矩，的確要從小培育灌輸，例如要孩子讀書明理，要孩子守公眾秩序和有公德心等，都是做人的基本要求，否則難以在社會立足。

再進一步是希望他能建立個人的美好風格和形象，不過，這與個人性格有關，不能勉強。打個比方說，教孩子飲食禮儀，讓他不要像隻豬似的露出窮凶極惡的吃相，只是要他不令人討厭而已，至於他是否會吃，吃得是否有學問，吃得像專家，那就要看他是否有這方面的興趣了。這又等於培養一株植物時，只需注意它的根基是否長得好，它的外型會否破壞它的生長，是否需要除蟲和剪掉枯枝，此外便是讓它在自然界中自由長大和發展。

可是大人往往對孩子期望太殷，為此規矩太多太苛，例如我這個偶然會作反省的母親，都會在不自覺的情況下硬要把孩子塞進預先設計的模型裏，忘記了她也是一個有自己性格和想法的人。

以後一定要記住，儘管是我的親生女兒，也不能以「不聽話就不愛你」作威脅，對她隨意修剪，迫她成為一座枝葉扭曲的盆景。

奇形怪狀的小叫化

旅行回來的第二天，上街時，女兒要爸爸抱，她兩手圈着爸爸的頸脖子，小聲小氣的問：「我們旅行時看見的那些小孩子，是甚麼人？」

爸爸回答：「是叫化子。」

女兒又問：「他們為甚麼長得這樣奇怪？他們的爸爸媽媽呢？」

到大陸旅行，有兩件事最教人痛恨，一是衛生問題，別的不說，就只隨地吐痰這一件，不知怎的到今天還改不好。那些先生小姐們，打扮得還不錯，但是忽然間會喉嚨發癢，乞吐一聲，髒物跌在地上還好，偏偏有時人在高處，也是這樣一個乞吐，那口痰落在下面，不知又有誰中招。

總之走路要步步為營，以防踏着些甚麼。若在風景區，例如參觀高山流水之類，也要盡快往上爬，非要攀到高處，站在眾人頭上才夠安全。若是坐汽車，當然要盡量佔前排位置，如果處於下風，會有吃着別人唾沫子的危機。可惜無論如何也擠不上與司機並駕齊驅，因為司機也會喉嚨發癢，多半是別一別過臉，向窗外乞吐了事。

隨地吐痰的人令人恨，但是遠不如在風景區和通衢大道上見到的許多奇形怪狀的小叫化那樣教人痛心。

全世界都有叫化子，不足為奇，可是身體肢節發展得這樣奇怪，數量又這樣多，而且又這樣集中在遊客必到的地區，不免令人毛骨悚然，再深想一下，就叫人心裏酸痛了。

這些孩子，有的身軀和四肢都短小如幼兒，只有腦袋發育完全，走動時，整個人如一個滾動的圓球；有的沒了手；有的沒了腿；有的手足瘦長如骷髏骨，但是不能直立，只能扭曲着爬行，像一隻蜘蛛；有的挨躺在地上，手腳像枯樹枝似的向上伸張；更多的是抱着嬰兒，才只有四、五歲的小叫化，他們抱着的嬰兒都是雙眼緊閉，頭軟軟地側垂着，從沒見過一個會哭喊會扭動的，這些嬰兒早早晚晚都睡得這樣深沉⋯⋯。

如果是先天問題，造成許多殘障兒童，我們只好嘆句醫療落後，孕婦和胎兒得不到充足的檢查，無法採取適當的措施，再加上社會福利不足，未能顧及這些被遺棄的兒童。但是這樣大批的奇人異士在遊客區出現，形狀又這樣的大同小異，令人聯想到故意被扭曲的盆景，又豈是偶然事件。

女兒問得好：他們的爸爸媽媽呢？

為了不想向她解釋，又不想讓她受驚，遇到這些叫化，我們會抱起她匆匆走過，希望她沒見到，可是怪人實在太多，她還是注意到了。她大概疑惑了許久，終於提出問題。是的，這些孩子的父母呢？

這些小叫化，十歲八歲左右，男女都有，還有那些昏睡在小叫化手臂上的嬰兒，他們的父母在哪裏？

大陸實施一孩政策多年，不管是貧是富，生下來的小孩都是命根寶貝，怎麼會讓他們流落街頭做叫化？就說重男輕女吧，可是小叫化當中，不乏模樣整齊的男孩，這些男孩居然淪為叫化子。原因豈止家貧而已。

曾經在報上讀過兩段新聞，一件說一個母親抱着嬰兒坐長途火車，孩子哭鬧不停，婦人哄他抱他，累得筋疲力倦，對面坐着一個慈眉善目的女人，一直幫這個婦人哄這個BB，好不容易BB睡着了，女人好心地要這個母親打個瞌睡，她代抱BB一會兒。這個眼皮都張不開的母親千多萬謝，把BB交給了好心女人。待她一覺醒來，好心女人不見了，BB也沒有了，火車已過了幾個站，不知道她們在哪裏下了車。

另一則報道說一個台灣女人到北京遊覽，在風景區遇到一群小叫化，遊客照例是避之則吉，偏偏有個小跛子，伊伊呀呀的纏着她，還抱着她的腿不放，驚動了團友，領隊和導遊一齊來趕。小叫化只是嚎叫，八爪魚似的繞纏着這個台灣女人。台灣女人驚魂甫定，又或者是心有所觸，不免細細打量這個小叫化，終於認出來了，小叫化是她幾年前在商場失散了的兒子。

事隔幾年，孩子的長相不同了，幸而母親的模樣沒多大改變，孩子還是等到了這個千萬分之一的機會，在茫茫大海中找着了他的母親，只是他被弄啞了，腿也被打折。

再推遠些，十年八年前，不是有許多報道說在深圳和廣州一帶，人來人往的路上，躺着許多肢體殘缺的BB和幼兒？據說都是偷拐來的小孩，背後還有集團操控。這些小孩如果沒有被折磨死去，到今天也許就是我們見到的「怪人」。

有人說碰到這些孩子，千萬不要做好心，因為一旦動了惻隱之心，給了錢，結果是壞人的毒計得逞，將會有更多的小孩蒙難。

說得有道理，我也硬著心腸，要自己的手不去摸銀包，但是總是走得很猶豫，好像做錯事；總是要回頭，又是不忍又是悲憤。心軟心痛，大概因為我是一個母親。

黃金歲月，美好而短暫

到快餐店吃早餐，當我捧著食物盤回來，女兒已跟同桌的姨姨聊得高興。這位姨姨說小女有禮貌，而且能言善道。我笑說哪裏哪裏，她八卦好說話罷了。姨姨說：「她讓我想起我女兒小時候，也像她一樣活潑可愛，討人歡喜。」

「令千金多大了?」

「她今年上大學。」

「嘩——」我張大了嘴，半天才說：「你現在一定輕鬆得多了。」

姨姨笑道：「不過我還是時時想起她小時候的模樣，那些照料她的麻煩事情現在都忘記了，只記得她得意可愛的一面，看到別人的小孩就想起她。」

這位姨姨原來是與我同住一個屋邨的老街坊，她女兒讀過的幼稚園，去年校權轉手，換了一個校名，正是小女現在就讀的幼稚園。那個女孩從小學、中學到大學，讀的都是名校，還考到獎學金，是個勤力聰明，聽話乖巧的女兒。

我羨慕不已，回頭看小女，唉，我才剛起步，還有好長一段路要走。

大概我的欣羨之情溢於言表，這位姨姨在歡喜之餘，卻一再的說：「現在她住在學校宿舍，放假才回家，我們每星期見一次面，平時只能通電話，而且她長大了，有自己的社交……要像你和你女兒那樣的親親熱熱是不可能的了。」

原來我羨慕別人兒女長大，放下了背上的大包袱，別人卻對苦樂參半的日子回味無窮呢。姨姨言下之意，是要我珍惜與女兒全無芥蒂、同甘共苦的美好時光。這個我知道，同時明白這段親熱美好的時光，其實很短。別的不說，單是再過幾年，她人長高了，我對她的愛就不能簡單直接地用摸摸抱抱來表現，就算我還有抱起她的力氣，她也不會讓我抱了。

日前去接放學，班主任問這兩天早上，小女為甚麼總是眼淚汪汪的回學校。我回說因為我害傷風，故此她出門上學時，我不肯與她行告別儀式，她大概為了這件事鬱鬱不樂。

告別儀式簡單而隆重，就是雙方作熊抱，然後互相親額頭、臉孔、嘴巴和耳朵。這在平日是例行公事，但是我鬧傷風，告別儀式只好暫停。

班主任聽得笑起來，然後告訴我：「怪不得我問她原因時，她只說她想媽媽。」

回家路上，我忍不住抱起她。她圈着我的頸，小臉孔貼在我耳邊，她已經有一定的重量了。經過便利店，門邊有幾個穿上校服，樣子卻不倫不類的中學生在吸煙說粗話，女兒圈着我的手又緊了些。

這些學生，我對女兒形容為金毛飛，才只有十來歲，比小女年長十年八年左右，也就是說，在十年八年前，他們應該還在父母懷中，卻不知怎地，才過了幾年，竟在街上遊蕩吵鬧，寧願被路人鄙視，被警察喝問，也不回家。他們與父母的距離有多深多遠？

報紙上時常讀到少年學生糾黨行凶的報道，不久前有兩批初中生群毆，其中一個女學生被拖到暗角受盡凌辱，這個女生只有十三歲，而主事的「大家姐」也是十三歲！

這些行為殘暴的少年人，不久前還是幼稚園學生，讓父母牽着手上學，怎麼只幾年時間，竟然變成神憎鬼厭的人物，這中間當然出了許多問題，最清楚不過的是家庭問題，這些孩子與父母的關係亦必定很差。

才是不久以前，孩子心目中只有媽媽爸爸，怎麼不久以後的今天，就都把父母忘了呢？

父母子女的關係變得冷淡惡劣，說真的，還是要由父母自己反省一下，畢竟問題孩子往往來自問題家庭。

父母對兒女總會有期望，無論是希望他們做官發財或者盡忠報國也好，總寄望他們走的是一條康莊大道。如果可以的話，我想大多數父母都願意陪着孩子一起上路。可是孩子漸漸長大，他愈走愈起勁，父母愈來愈跟不上，再說他未必會走父母為他安排的路，結果南轅北轍，也是沒辦法的事。孩子也是獨立的一個人，有自己的意志和選擇，父母只能對他寄以祝福，勉強不得。

事實上，無論孩子走的是哪一條路，能夠讓父母陪着的日子都很短，如果弄清楚這一點，會不會讓許多忙於無聊事情的父母，多花一些精神時間陪伴他們的孩子呢？

在快餐店萍水相逢同枱吃早餐的姨姨，她有個乖巧的唸大學的女兒，沒讓她擔驚受怕，但是她懷念的卻是女兒讀幼稚園時，終日黏在她身邊，對她絮絮不休的情景。

明乎此，我怎能對視我為宇宙中心的女兒意氣用事，或嫌她長氣累贅？

咦，想起來了，平日我總教導她自己的事情要自己做好，但是有一天早上我要替她穿長襪子的時候，發現她已經自己穿好了，沾沾自喜的向我說：「我自己做到了，用不着你幫忙了。」

我當時讚美了兩句，她更加洋洋自得，說她以後要自己做這樣做那樣，總之不再依靠父母了。

「好——」

女兒停了嘴，研究我的神色，終於忍不住問：「你為甚麼不高興？」

我辯說沒有不高興，女兒能夠自立了，我還能不高興麼？至於那份失落感，小如不必我替她穿襪子，以至將來……，卻是現在的我想像不來的。

唯一能夠把握的是現在，就讓她盡量煩我好了。

同時同步向難關挑戰

女兒看了我一眼，再看我一眼，輕聲說：「媽媽，你又不好看了。」

「甚麼話？」

「你……你又有皺紋了。」女兒鼓起勇氣，小心翼翼地說。

「都是你！」我放軟了聲音，自覺仍然粗聲粗氣，於是站起來，「我上廁所，你繼續練習。」

到廁所洗了把冷水臉，又轉出露台深呼吸兩口，覺得心平氣和了，這才慢慢踱回女兒的身邊，陪她練習鋼琴。

女兒乖乖地彈了段曲子，回頭看看我，我點頭表示讚許，她笑了，「媽媽，你現在又靚女了。」

我說：「只要你用心練習，媽媽永遠是靚女。」

「好呀！」女兒拍手歡呼。

「唔？」

大概我又瞪起眼，有些皺紋又出現了，女兒伸伸舌頭，馬上回身坐好，小手指在琴鍵上敲來敲去。

女兒希望我做「靚女」，是因為靚女如聖母或觀世音，慈眉善目，溫言細語，永遠的一團和氣，永遠不會罵人。如果我是靚女，她就不會挨罵了。

事情是這樣的，由於自知性子急，欠耐性，碰着樣樣要摸索，步伐慢三拍，而又愈忙愈亂的女兒，我總會不由自主的火冒三丈。大人對小孩子生氣，特別是自己的兒女，更容易始而喝罵，繼而動武，一旦動粗，挨罵受打的當然是既不敢又不能反抗的孩子。

火冒得快，下得也快，自己氣完了，孩子還在嗚嗚痛哭，我這個剛才還氣昏了頭的媽媽，馬上就又心痛又後悔了。

摟着她說好話，甚至為她的皮肉受痛而道歉都於事無補，而且也不是教導孩子的好方法。於是我教女兒一個先發制人的方法對付她媽媽，就是每當她覺得勢頭不對，媽媽的兩條眉毛皺在一堆時，她要馬上提醒媽媽，好讓媽媽知道自己已經眉心打結，得趕快做深呼吸，消除火氣。

女兒憂慮地問：「但是，我一看到你生氣，已嚇得說不出話了，哪裏還敢提醒你？」

女兒的問題與我想起怕貓的小老鼠，開大會議定要在貓的頸脖子上掛起響鈴，好提醒大家「貓來了」，可是有誰敢在貓脖子上掛鈴噹，這不是廢話嗎？

我向她解釋：「我容易生氣，是因為容易忟憎，忟憎對身體不好，我不想身體不好，所以要你提醒我。總之，只要你提醒我不要皺眉頭，我無論如何都不生氣。」

女兒欣然接受了「言者無罪，聞者足戒」的尚方寶劍，要做我的守護天使了，並且語重心長，十分誠懇的對我說：「說真的，我告訴你，你生氣時樣子很不好看，眉毛中間有幾條皺紋，好像一隻惡老虎。」

我哈哈大笑，唔，說過了不隨便生氣的。

可是這個小傻瓜居然還有個傻不楞登的問題：「不過，如是我錯了，你也不生氣嗎？你不生氣就不對了。」

「我不生氣，我只是不再理睬你。」

「呀……」這個最近動不動就紅了眼，淚汪汪，被我叫做豆腐花的小傻瓜又有些淚光閃閃了，「我寧願你罰我，也不要不理我。」

「那你最好聽話，乖乖的做個好孩子。」我說：「我不胡亂發脾氣，你也不要惹我生氣。」

「知道了。」女兒大力點頭，表示放心。

跟孩子説話，簡簡單單一件事，也要翻來覆去，半天才説得明白，實在讓我很不耐煩。不過，説好了不輕易動怒，也只好隨着她兜兜轉轉遊花園了。

其實，四歲的孩子能犯甚麼大錯誤，她惹人生氣往往是因為她行動節奏不如大人的爽快，做事不夠專心，能力不夠偏偏又以為自己萬能。例如她沒有時間觀念，到現在還不會看時鐘，我們經常掛在嘴邊的「夠鐘了」，對她一點威脅都沒有，每每急死了太監，她還是一副「發生甚麼事」的神情，單是這種表情已讓急性子的我氣得發暈。

兒童專家説小孩子做事只有三分鐘熱度，他們沒有耐性是正常現象，又説耐性需要慢慢培養，這方面大人有莫大的責任。唉，唉，陪她做功課，陪她玩遊戲，陪她練鋼琴……，她的耐性要由我這個沒耐性的人負責……，形勢之緊張，進而為火爆場面，可以想像。

所以，可以想見我眉頭緊皺，狀如惡老虎的凶相。

但是平心靜氣一想，既然大多數這個年齡的小孩，表現大抵如此，可見並非小女特別不正常——不正常的難道是毫無耐性的大人？

為了改善氣氛，我向唐太宗學習，女兒儘管做魏徵向我直言進諫好了，説我是頭母老虎我也不生氣。（她不會夢中斬龍，潛意識裏有憤恨之念吧？）

此外，我與女兒一起玩拼圖遊戲，從四十五塊小圖到八十塊，以至如今的一百五十塊，看她專心致志，努力不懈，專心和耐心藉此培養起來，每完成一幅拼圖，母女倆同感欣慰，她的成功我能分享，因為我們同時同步專心和耐心向這些人性的難關挑戰。

童言無忌，請恕則個

女兒飛步跑上前，站在鋼琴老師前面，回頭對我喊：「媽媽，我第一呀！」我用眼語兼手勢，要她噤聲，完全無效，女兒反而更大聲宣布：「媽媽，我爭到第一名呀！」大家聽著都笑了，我的尷尬無以形容。

女兒每星期一次上音樂課，放學時間是晚上七點鐘，可是今天七點鐘我們另有約會，即使趕去了也必定遲到，為此在音樂課快要結束時，我對女兒耳語：

「早些去排隊，讓老師早些在手冊上簽到。我們趕時間去別的地方，你不要慢吞吞的只和同學說話。」

「我明白，我一定不會慢吞吞。」女兒邊聽邊點頭，十分保證。

可是我沒想到她一馬當先衝到鋼琴老師旁邊，卻會打勝仗地向我歡聲大叫：「媽媽，我爭到第一名呀！」

然後轉頭向老師說：「我們要趕時間，媽媽要我早些排隊，所以我要做第一名囉。」

全班同學共十五、六名，老師要在手冊上簽名，還要貼上代表獎勵的圖案貼紙，全部的完成過程大概是五分鐘。小女與其他兩個與她同樣嬌小玲瓏的女孩一向排隊在倒數兩、三名——我當然沒有要她爭先恐後。只有今天，為了趕赴一個時間緊迫的約會，才催迫了她，沒想到她會當眾宣布她爭了個第一。

用了個「爭」字，還要再而三大聲宣布：「媽媽，你看見沒有，我今次爭到第一名呀！」

其他家長看着我笑，我也笑，然後擁着得意洋洋的女兒走出課室。

我可以怎麼辦？為了自己的尷尬痛罵她一頓？為了她爭先恐後，贏了個排隊第一名而讚賞她？

不，我跟她説道理。她有第一名我當然高興，但是排隊搶先，爭做第一，就沒有甚麼了不起。而且，真正的第一名往往由別人推舉承認，自己搶着佔先，不過是個霸王吧了。

還有還有，一定要謙虛，即使做了第一，也不要呱呱叫。

「但係，我未試過做第一，我都係想你開心啫。」女兒這樣回答。

咦，頒獎台上，那些掉着眼淚高舉獎座的人，不也是開心得只會説一句話：「阿媽，我得咗啦！」

別人看他得意忘形，語無倫次，可是箇中的悲苦辛酸，大概只有誓死支持和呵護他的媽媽才知道。

女兒排隊「搶了個第一」，高興莫名，自覺不負乃母所望，所以開心大聲宣布，也是她這個年紀的經驗和智慧的表現，不能厚責。惟有教她做人要謙虛，拿了任何第一都不要青蛙似的亂叫亂跳就好。

不過，若是有一天，她拿到個世界級的甚麼國際大獎，例如諾貝爾獎之類，如果不是這樣大聲宣布：「阿媽，我得咗啦！」不把她媽媽放在第一位，我不是很失落、難過？

女兒學校所在的那條街道，有一所中學，一間便利店，下午放學後，時有中學生聚在便利店門外，或抽煙或叫囂。女兒對那些頭髮染色，滿嘴粗言穢語，行為奇形怪狀的男女學生，總稱之為「金毛飛」。

「金毛飛」不是好東西，我要她看到這等人物，最好避得遠遠的。

不過，這個詞語也鬧過笑話，在女兒剛上學不久，一天，她悄聲對我說：「媽媽，我們學校裏有金毛飛。」

不會吧，幼兒班學生也染髮？進一步追問下，才知道她把金頭髮的外籍老師當「金毛飛」

看待了。那已是兩年前的事。今天她見識廣了，不會再有這種誤會，我偶然舊事重提，母女倆只當作笑話，例如她告訴我：「這學期的英文老師是個沒有甚麼頭髮的金毛飛。」原來這個男老師頭頂已禿，只有沿着耳邊還可見到一圈短短的金髮。

對於真正的「金毛飛」，女兒的態度是又害怕又厭惡，好像見到蒼蠅，可是她放學時，必定經過便利店，總會碰到那些惡形惡狀的學生。

有一次她憂心忡忡地說：「我擔心我的同學會學壞，跟着他們做金毛飛。」

我聽着好笑，「你自己小心不要做金毛飛就好，哪裏還顧得了別人。」

「有你照顧我，我怎麼會做金毛飛？真是！」女兒說了後，還要橫我一眼。

這件事並不就這樣結束，她大概擔心同學會變成金毛飛，認真地想起辦法來。可以叫那所金毛飛學校搬走嗎？可以叫我們的幼稚園搬走嗎？都不行？唉，那怎麼辦呢？

有一天放學後，見到一群中學生在路邊推來推去，粗口滿天飛，忽然間一個穿着迷你校服裙的女生被推跌在地，她在地上一邊哭叫一邊爆出連串髒話。女兒緊緊捉住我的衣角，躲在我身後，好像連路都不會走了。

後來我們進去便利店買麵包，排隊付錢時，小丫頭若有所思地看着收銀員，我轉身要離開了，她卻忽然兩手攀着櫃台，踮起腳尖向收銀員打招呼：

「哥哥，你們這個店可以搬走嗎？我媽媽說因為有你們這個便利店，才會有許多飛仔飛女。」

收銀員哥哥瞪圓了眼，似笑非笑地問：「你說甚麼？」

我一把拉住女兒，陪笑道：「小孩子亂說話……」慌忙與女兒逃出門外。

「我想了許久，只有這方法最好，所以跟那個哥哥說，你怎麼說我亂說話？」女兒兀自不服氣，邊走邊問。

「你說得有道理，不過——唉。」我搖頭歎氣，「回到家裏再跟你說。」

不遠處，那幾個惡形惡狀的學生仍在叫罵推撞，好像打起來了。

知母莫若女

女兒要我坐好，我看了看她手裏的問卷，原來是學校功課。女兒的功課，大多數要家長陪著做，特別是課外活動，例如設計手偶，利用廢物造成有用物件之類，動腦筋出力氣的都是大人，其實就是她老媽子的功課。

這次作業的主題是我，我於是高高興興的坐下來，接受她的訪問。問卷的第一條是：媽媽最喜歡的人物是誰？

我正要開口，女兒搶着說：「我知道，就是我。」她提起筆在格子裏寫自己的名字。

「或者不是呢？」

「怎麼會不是？」她頭也不抬，專心地寫字，「我是媽媽女，媽媽當然最喜歡我。」

本想戲弄她，讓她着急一下，卻又想到不好拿這種問題開玩笑，母女之間的愛，本來就是百分之一百的，裏面不會有一點猶豫和懷疑，我不能打擊她對我的信心。

我反問她：「那麼你最喜歡的人是誰？」

「媽媽。」她立即回答，停了停，又加一句：「媽媽和爸爸。」

「咦，你爸爸今天早上才說你對他不夠好，說你不喜歡他。」

「我心裏還是喜歡他的。」

「那你為甚麼要罵他笨爸爸？」

「因為他笨囉，我罵他是希望他變得聰明些。你看，他居然說我不喜歡他，你說他是不是笨爸爸？」女兒兩手橫抱，臉上是一副氣不過的表情。

我笑道：「原來你罵他是為他好。所以說，媽媽也是為了你好，才常常罵你。」

「吓？」女兒瞪圓了眼，張着嘴，好辯駁的她，一下子說不出話來。

問卷接下來的問題是：媽媽最喜歡的植物是甚麼？最喜歡的動物是甚麼？還有食物、顏色等。

女兒是記者，依書直說提出問題，但是她又不等我回答，都搶着說出來，居然都給她說對了。

咦，平日我總嫌她說話多，用眼睛、耳朵的時間少，對身邊的事不夠留心，看來並不如此。她還是有一定的觀察力和判斷力，否則對這份問卷不會搶答得快而準。

女兒了解我的喜好和習慣，亦非奇事，因為除了上學時間外，她都與我在一起。我們一起逛公司、一起上市場、一起去公園、一起溫習做功課……許多許多只有母女倆攜手共度的時間裏，彼此成為對方傾談的對象，她清楚我，正如我清楚她一樣。

如果像她這個年紀，又有個幾乎是全陪的媽媽，而母女倆居然不清楚對方的喜怒愛惡，問題就嚴重了，非要馬上反省或請教專家不可。

這份問卷是因應母親節設計的，目的是促進母女或母子之間的了解，用意極佳。依我看，不但幼稚園學生要作答，就是小學生、中學生以至大學生都必須一人一份，每年做一次。而且年紀愈長，愈需要做這份問卷。理由很簡單，因為人大心也大，母親變得愈來愈不重要。母親靠邊站也可以，只要兒女沒忘掉她就行。這份問卷，多少會起到一點提醒作用，讓兒女想一想他的媽媽。

不僅是母親節，就是父親節、兒童節都要做這類問卷。兒童節那份是讓父母做的，世上有不理父母死活的兒女，也有許多任由孩子自生自滅的父母，這份問卷調查正好讓大人對自己的孩子多了解一點。

我收到的母親節禮物是一幅「媽媽畫像」，由女兒親手炮製。

她事先張揚，學校老師要她們憑想像在卡片上畫出媽媽的樣子，她已經用了最好看的顏色，畫出了最漂亮的媽媽。

畫像終於完成，女兒珍而重之的雙手奉上，然後用熱切期待的眼神看着我。

看着女兒的傑作，我笑起來。怎麼說呢，我有兩隻大小不一樣的眼睛，張大了玫瑰紅的嘴巴而沒有牙齒（女兒說她畫的我正在開心微笑），一隻耳朵高些，一隻低些，黑長的頭髮像用壞了的掃帚（女兒說她在舊照片簿裏看到我長髮），還穿上一襲銀藍色閃光的篷篷裙（女兒說她媽媽像公主一樣好看，所以她給她媽媽畫上了睡公主十六歲生日時穿的裙子），噢，我手裏還拿着一支有金色星星的棒子！

「女兒呀，你為甚麼把藤條也畫上去了？」

「媽媽呀，這是仙女用的魔術棒，我是說你像仙女一樣，又漂亮又會變法術。」

我歎着氣說：「女兒呀，你把媽媽畫得太漂亮了，我哪裏有這樣好看？」

女兒高興得馬上張開兩手，要我抱。在我耳邊，她得意地說：「媽媽，我覺得你又靚女又叻女，這一幅畫你一定會喜歡的。」

「你說對了，我的確很喜歡。以後每一次母親節，你都送我一張媽媽畫像，好嗎？」

「有問題！」

種豆得豆的實驗報告

「我是一粒小種子，深深藏在陽光裏。陽光、雨水和空氣，使我發芽長大。慢慢地，長長長，漸漸地，高高高，像美麗的花朵一樣。」女兒天天對著花盆唱這首歌，大概草木有靈，小小植物果然給了我們一個大驚喜。

三月初，有一天我煮了黃豆湯，順便告訴女兒豆豆的種類、家裏藏著黃豆、綠豆、紅豆，我都拿出來讓她見識。女兒聽説小小一粒豆子，可以變成一株高大的植物，有些難以置信，於是我們決定每種豆豆取一顆做試驗。

從挑選豆豆開始，一切工序由女兒負責執行，她找小碟子、找棉花，碟子上再澆一點水，然後把豆豆放在濕棉花上，再把碟子放到陰涼的地方。

過了一晚，豆豆褪了皮，又過了一天，豆豆長出了一點白芽。女兒看了又看，研究又研究，忍不住問：「豆豆頭上的芽，怎麼好像魔鬼頭上的角？」

「豆豆怎麼會像魔鬼，而且魔鬼有兩隻角，豆豆不是魔鬼！」

「不像魔鬼，像犀牛好嗎？犀牛只有一隻角。」

「豆豆是植物，不是動物，你看你多不懂事！」

女兒不服氣：「媽媽，我是說好像，用的是比喻，我不是不知豆豆是植物。植物和動物不同，我知道。植物不會走路，動物會走路，因為動物有腳。」女兒長篇大論解釋一番，你看，我給她起的綽號「好辯駁」！一點都沒錯。

女兒負全責照顧紅、綠、黃這三顆豆豆，她照吩咐每天給它們換清水。可是她太殷勤了，換水次數太多，水又太滿，過猶不及的結果是紅豆、綠豆都變成黑色，大概是腐爛了，只好丟掉。唯獨黃豆，因為個子大，還撐得下去。

又過了兩天，女兒驚奇地叫起來：「媽媽，豆豆不是頭上長角，原來長的是腿，而且它站起來了。」

咦，黃豆果然站起了一點。最初我們以為它頭上長出芽兒，原來它長的是根。這條幼小的根一半深入棉花裏，另一半呈直立狀，以至整棵黃豆看似抬起了頭。

女兒爸看了看說：「這是大豆芽。」

這棵大豆芽怎麼處置好呢？

「你少擔心，再過兩天它就變垃圾了。」女兒爸根本不信這顆小豆子可以成氣候，更不信有一天它會變成一棵大樹。

但是這顆黃豆一天比一天茁壯，一天比一天高。它已有七、八吋長度，豆子迎空點頭，主根周圍長出幼根，緊緊地纏住整團棉花。要麼由它自生自滅，否則就要移種到泥裏。

我找出一個小花盆，要女兒用湯匙在其他花盆上搜刮泥土。女兒一邊把泥土移到新盆，一邊說：「媽媽，還是給黃豆買一包新泥吧，現在用茶花盆裏的泥，茶花會不高興，你不是說植物不高興就不會長得好嗎？」

「這是權宜之計，現在天都黑了，哪裏去買花泥？先借用一點，等買了新泥再還給它。」我說。

女兒爸只管看報紙，才不理我們做甚麼，不過好像聽到報紙後面傳來一句：「母女兩個都好辯駁。」

移到泥裏的黃豆好像吃了肥仔丸，長得更高了，幼如繩線的莖長出了。我百思不得其解，為甚麼它只管長高，主莖卻不肯粗圓一點？它哪裏有一棵大樹的格局？

有一天，看着豆瓣中間冒出來的綠葉，我忽然開了竅。「女兒呀，原來這個綠色的莖也是豆豆的根，是媽媽搞錯了。」

想想看，豆子應該埋在泥裏，它向下發展的是根部。我們把它移種時都是只埋下根部的一半，另一半以為是莖部，讓它露在盆上。難為這條主根要在這空中直立，還要支持頭上的豆子，墜得腰都彎了，我們不知道它辛苦，還說它歡喜得微笑點頭。

既知錯誤，馬上改正，女兒放學後，母女倆到花店買花盆和泥土。我告訴女兒：「黃豆長成後，是一棵大樹，我們要找一個大花盆。」

花盆和泥土搬回家後，立即着手把黃豆從小花盆移到大花盆。小心翼翼地把整株植物連豆豆一起用泥土蓋住，只露出豆瓣中央新冒葉片。女兒不忘留下半包花泥還給茶花，我順便把幾株綠竹子也分了盆。

女兒爸回家時，客廳地板上又是水又是泥，女兒兩手墨黑，頭髮上黏著竹葉片，不禁大驚失色問：「發生甚麼事，山泥傾瀉?」

當晚，大家吃麵包和即食麵，女兒看她爸爸不情不願的樣子，安慰他說：「爸爸不要憂心，沒飯吃不要緊。我們就快有很多黃豆吃了。」

換了大盆的黃豆，成長得更快，枝葉蔓蔓，但是我立即又知道自己犯錯了。

黃豆的枝條幼幼長長，彎彎曲曲，迎風飄蕩，它不是一棵大樹，不是灌木或叢木，而是攀緣植物，它的幼條飄向茶花，看來是要向茶花攀附，寄託終身了。

我對每天早上向黃豆唱種子歌的女兒說：「原來媽媽搞錯了，黃豆不像洋紫荊一樣，會成為一棵大樹，結下一條條黑色的長豆。黃豆很嬌弱，要找東西扶住。」

女兒輕輕拍我的手，表示沒問題。凡是她對我的鼓勵或安慰，都會用這個小動作表示，一切盡在不言中。

走遍住所附近的花店和家庭用品店，都沒有讓攀藤植物用的器具，沒奈何只好到公園拾荒，撿來一束枯枝敗葉，在黃豆花盆裏做了個小架構。

這以後，黃豆的發展可以用「欣欣向榮」來形容，它有更多幼枝，有的纏在木架上，有的偏愛獨立。長圓形的葉片在陽光下伸張，在月色下閉攏，幼條的枝節上長出了許多淺紫色的花朵，不留心的話還看不出來。

有一天早上，女兒大驚小怪跑來對我說：「媽媽，黃豆裏有許多毛蟲。」

毛蟲？我嚇一跳，連忙到露台看個究竟。

青綠的莖上，垂着一條條毛茸茸物體，乍看真像毛蟲，其實是狹長形的莢果，是我們種豆得豆的收成。

執筆此刻，黃豆的莢果條已有三、四吋長，女兒與我在研究這些果實是否可以摘下來吃，又應當如何分配。她那個幼稚園的高低班師生總數有三、四十人，是否足夠每人一粒？

還有，女兒問：「我們下次種米，好嗎？因為爸爸喜歡吃飯。」

俗裏俗氣的媽媽

女兒告訴她的表姐們，她媽媽最喜歡的電視節目是「波波掉下來」。眾人不解，轉頭問我，是乒乓球賽嗎？是高爾夫球？還是桌球？我答：「是六合彩攪珠。」

轉頭對女兒說：「媽媽並不特別喜歡這個節目，只是看新聞報告後，順便看看它。」「但是做新聞報告時，你會走來走去做家務，一聽到波波掉下來的聲音，你便站在電視機前看。」女兒真是好辯駁，而且，唉，原來她的觀察力也很強。

不知道她有沒有對學校老師如實報告，不過若照她這種描述，別人可能猜我喜歡看乒乓球或桌球之類，而且心態特殊，只喜歡看失球，否則怎麼會「波波掉下來」？

還好從來沒對她說過這就是六合彩攪珠，否則讓她宣傳出去，豈不尷尬？

不過不過，即使讓別人知道了又如何？誰不夢想中個六合彩頭獎之類，一票獨得幾千萬？退一步幾百萬也好，就退一百步，只得個安慰獎幾百元，也教人興奮。

唉，誰不喜歡錢？女兒媽也是個俗人，免不了塵世滾滾中的俗氣。就認了，我十分俗氣，還真喜歡錢，覺得最夠刺激、最富懸疑、最震人心弦、最動人感情的電視節目，就是「波波掉下來」，每看到一個小彩球自轉動的玻璃缸裏落下，都會屏氣凝神兩秒鐘。

女兒年紀小，不知道俗氣為何物，她那些大大小小的表哥表姐可就有感覺了。最近一次的家庭聚會裏，我出了幾個題目，讓喜歡模仿記者的女兒拿去做訪問，再由我作分析。

第一個問題是：你最喜歡甚麼花？

大表哥喜歡玫瑰，大表姐喜歡鬱金香，二表哥想了半天，答不出來，二表姐喜歡百合，三表哥「無所謂」，三表姐喜歡的也是玫瑰。

這些年紀從十歲到十八歲的表姐們，從喜歡的花兒看來，可以推想她們的少女情懷總是詩，十八歲的大表哥有個喜歡陪他看足球的女同學，所以變得浪漫起來，你看他喜歡玫瑰，大概曾經好花贈美人。

十三歲十二歲的二表哥、三表哥尚未開竅，不知花草為何物。

第二個問題是：你最喜歡的食物是甚麼？

胖胖的大表姐喜歡吃蔬菜，瘦瘦的二表姐喜歡吃魚，十歲的三表姐說：「我本來喜歡吃牛排，但是又怕胖，現在喜歡吃蔬菜。」

大表哥和胖子二表哥都表示喜歡吃雞，有發福傾向的三表哥搔搔頭，很是為難的說：「我喜歡吃牛排，不過我媽媽規定我只准吃魚，我只好最喜歡吃魚。」

有沒有發覺這些少男少女，居然沒有一個喜歡吃豬肉？比女兒小半歲的表妹說：「我甚麼都喜歡吃。」表哥表姐們嘩的一聲。

女兒說：「我最喜歡肥豬肉。」

眾人又哇叫一聲，表姐們更是花容失色，嚇得跳開一尺，好像眼前出現了兩個小怪物。大表姐對女兒說：「這麼多東西好吃，你怎麼會揀肥豬肉？」

時人奉行瘦就是美，表哥表姐已在潮流中埋沒，視吃豬肉為惡行。還要吃肥豬肉？更加的罪無可恕了。

第三個問題是：你最喜歡甚麼顏色？

大表哥喜歡白色，二表哥喜歡黑色，理由是弄髒了也不易察覺，三表哥喜歡深藍色，原因和二表哥的一樣。

三個表姐的花樣多了，大表姐喜歡紫色，二表姐喜歡淺灰色，三表姐喜歡粉藍色。

我說表姐們喜歡的顏色都很浪漫，大表姐的那個紫色還有些憂鬱味。然後問她們：「怎麼沒有人喜歡紅色？」

唔——俗氣。

三個表姐居然同一聲氣語調回答，還要藐藐嘴，表示不屑。

我忍不住說：「我就喜歡紅色，還有金光閃閃的金色。」

「唉——」同樣是拖長了聲音的歎息，只差露出鄙夷之情。

大概她們心裏還是覺得可惜的，好好的一個人，書櫃裏還滿是四書古文和唐詩宋詞，原來喜歡大紅大金的顏色，真是俗不可耐，人不可貌相！

我說：「紅色喜氣洋洋，金色高貴華麗，有甚麼不好？」

看她們的表情，我心裏暗笑，同時想到她們像大多數女孩一樣，在懵懂的十五二十時，有些許的孤芳自賞，又有些許的自憐自歎，同時又都做着美麗而傷感的豆芽夢。

記得許多許多年前，當我看完徐訏的《風蕭蕭》，迷上了女主角白蘋，我那時喜歡的，正是代表神秘幽冷的銀色呢。

今天只知道雲淡風輕、愉快踏實的生活實在好，而且難得。

事實上，生活裏總有許多不能避免的不幸，在人生這本書上畫上一道道淒冷和陰森的顏色；命中註定的無法逃避，卻再不願意自投羅網的鍾情甚麼黑色、灰色或者憂鬱紫。白色也不願多見，人到中年，去靈堂鞠躬的次數愈來愈多，唉。

除非是有一天，女兒穿上白色婚紗舉行婚禮，唔，其實中國式的鳳冠霞帔更好看，紅紅的一團，又歡喜又熱鬧。

你看，都沒有幻想了，完全是個俗裏俗氣的人，從眼前這些小表哥小表姐看我的眼神就知道。啊，不，幻想還有一個，而且金光燦爛，就是上天垂憐，讓我在波波掉下來的琅琅音樂裏，中一次六合彩頭獎。

好為人師，誤人父母

「我家有隻小黃狗，天天睡在大門口。早上看見我出門，搖搖尾巴跟我走。」……家父看着歌詞，努力讀着上面四句兒歌，讀完了問好不好？

女兒搖頭：「不好。」

的確不好，我從來沒聽過這樣難聽的廣東話。

女兒喜歡扮老師，她的學生本來是爸爸和媽媽，但是爸爸下班回家已是晚飯時候，吃過晚飯洗了澡，已差不多要上牀。至於媽媽，有時候是個好學生，大多數時候太威嚴，老是捉小老師的錯，讓小老師很沒面子。

終於女兒說：「媽媽，你去讀高班吧。我教的是幼稚園低班。」

爸爸呢，升級為校長，因為偶然才會在課室出現一下。

至於學生，女兒搬出大大小小毛狗毛熊，排排坐在沙發上，聽她講書教唱歌。

女兒對毛玩具說：「你們真乖，上課時不吵鬧。不過，你們有不明白的地方，一定要舉手問。」

當然從來沒有「人」向小老師發問，我有時覺得她可憐，跑過去旁聽一下，舉手問一兩個字，嘩，她開心到不得了，眼睛發光，馬上就開始長篇大論，我總是忍不住，又要想辦法脫身。

後來，她終於找到兩個模範學生了，又聽話，又肯讀書，又會回答問題。最重要的是他們不會坐立不安，走來走去，要她捧着書本追着學生聽課。

他們一個是爸爸的媽媽，一個是媽媽的爸爸，也就是女兒的祖母和外公。他們疼孫女，肯讓她擺佈，又因為年紀大了，不願走動，於是成為女兒眼中最好的學生。

女兒說她外公不懂中文，「中國人怎麼可以不懂中文？」女兒這樣對外公說。

外公看着她呵呵笑，於是女兒拿起課本一句一句讀，要外公一句一句跟着唸。

可憐我老爹這輩子也沒用過廣東話唸語體文，他結結巴巴、咬牙切齒跟女兒讀完「我家有隻小黃狗」，已經一頭大汗了，女兒還是對他搖頭歎氣。

「公公，你說的中文真難聽。」女兒皺着眉，摸摸耳朵，搬出我常對她說的一句話：「好像有把鑽子刺我的耳朵。」

公公說：「我就是說不好廣東話，這樣吧，我教你用上海話讀讀看。」

女兒才不肯呢，她好不容易捉到個肯跟她唸書的學生。

「你不用難過，一次讀不好就讀十次，十次讀不好就讀一百次，一定會成功的。」女兒又把我的家訓搬出來。

咦，這番話好像是幾十年前，我老爹跟我說過的，沒想到風水輪流轉，竟然回歸到他老人家身上。看他一臉孔的啼笑皆非，我跑進廚房，掩着嘴獨自笑個夠。

女兒的外公要讀好的是廣東話中文，女兒的祖母要讀的主要科是英文——看，她會得因材施教呢。

但是女兒頗刁鑽，她教的英文並非發音簡單的 a man and a pan，而是雨傘、八爪魚、聖誕節……。家婆大人擠眉弄眼，卷着舌頭說：umbrella，octopus，Christmas，igloo……。好不容易有腔有調唸出一個字，還要被女兒挑剔：怎麼聽不到 r 音，還有 s 音呢？

家婆大人只好重頭再讀這幾個字，女兒又摸耳朵，喃喃地說：「怎麼多了幾個音？」

我笑了出聲，忍不住告訴她：「BB 老師，你嫲嫲一邊讀英文，一邊唉聲歎氣，所以一個字多了幾個音。」

BB老師還要給學生寫評估書，她拿了紙和筆，一邊問生字，一邊寫下：「公公，很乖，很勤力，但是很笨。」嫲嫲是：「很笨，上課時喜歡說話，不過都算是好學生。」

趁女兒寫評估表，暫時放鬆一下時，我老爹偷偷跑到廚房抽煙，不幸讓女兒抓到了。女兒不是沒見過她外公抽煙，但是既做了她的學生，她就要管了。

「啊，公公，你吹煙！你想做飛仔學生！」女兒舉起手指，神色嚴厲。

公公尷尷尬尬地按熄香煙，「好，好，不抽了。」居然乖乖地讓女兒牽着手帶回課室去。

學生抽煙是壞事，一定要告訴校長，女兒把她父親叫過來，一五一十報告，還有嫲嫲上課有時不專心，會問些無聊問題，剛才竟然問老師晚上睡覺有沒有尿牀。「校長，你說怎麼辦？」

「都開除算了。」女兒爸說。

「好哇。」老人家歡呼起來，巴不得有這一句。

女兒搖搖頭：「那我怎麼做老師？我就只有這兩個學生。唉，算了，原諒你們一次吧。我跟你們說，我是為你們好，不想你們變成飛仔飛女……現在我們上唱歌課。唱歌呢，有時高音有時低音，要跟拍子……」

客廳傳來拉牛上樹、慘不忍聞的歌聲：我們同在幼稚園……快樂真快樂，用你手來拍拍拍，用你腳來踏踏踏……我們大家真快樂。

我對女兒爸說：「你的寶貝女兒好為人師，誤人父母。」

女兒爸說：「早些吃飯吧，兩老被迫害得差不多了。」

迫害？才不呢。就算是迫害，我看兩老還真享受這種迫害。

長髮短髮皆煩惱

理髮師傅認得小女，一見她進來，立即說：「小妹妹好久不見了。嘩，頭髮留得這麼長了。」

女兒嘴唇微撅一下，表示微笑。

師傅要在大椅子上加小板凳，發覺不就手，又說：「咦，你長高了。」

女兒很矜持地笑了一下，還是不說話。

女兒最高興聽到別人說她長高了，她總是從心裏樂出來，笑得甜咪咪地，但是這一刻，她的笑容裏有些苦味，她根本開心不起來。

在椅子上坐定，她從鏡子裏瞪着為她剪過幾次頭髮的哥哥。這個耳朵上戴了幾粒紅綠寶石的哥哥，頭髮顏色又變了，本來是紅毛飛，如今是紅綠黃三色飛，以前單是紅頭髮已教女兒偷笑半天，但是這一刻她還是木無表情。

三色飛問：「要剪多短？」

「短些好。」我用手指示了一下。

「太短了不好看，到底是女孩子嘛……」

「她馬上就要學游泳。」我說，轉頭問女兒，「是不是？」

「是的，媽媽。」女兒點點頭，聲音微弱得像生病。

三色飛運剪如飛，刷刷幾下，頭髮如雨落下，轉眼間，女兒的齊肩長髮沒有了，鏡子裏出現個可以亂真的小男孩。

我心裏很滿意，可是女兒看着地上的碎髮，一副欲哭無淚的神情，又叫我萬般不忍。說真的，好不容易留到這個長度，一下子就沒有了，難免痛惜。

三色飛大概了解女兒的心情，笑嘻嘻的逗她：「頭髮吧了，剪了還可以長出來。常常剪的話，就不會心痛了。」

女兒幽幽地說一句：「你哪裏知道！」

我拖着忿忿不平的女兒走出理髮店，看她好像把一腔怨氣都轉移到三色飛身上了，這才說：「我們才不要常常剪呢，一年剪兩次就夠了。」

豈知女兒恨恨的回答：「不，我一年要剪十次、十五次，我再也不要留長頭髮了。」

女兒出生時，體重輕，體積小，比起她的表哥表姐和小她幾個月的表妹，都差了一大截，就只有頭髮這一項有過人之處。她的表妹要到三歲時才叫做有一頭秀髮，但是小女才幾個月大，那一頭濃厚的頭髮就已頗為驚人。

濃厚之外，還粗硬，要不然怎麼都站起來。從小女BB仔時的照片看，人雖嬌小玲瓏，頭髮卻剛毅堅強，每張照片都展示了她怒髮衝冠、緊握拳頭的模樣。

照顧她的菲傭說：「她很有性格，我十分喜歡她。」

有一天我下班回家，見到一個光頭的BB。

我那個寶貝菲傭，居然把小女的頭髮全剪去了。

她還要賣弄本事，「我非常小心，在她熟睡時，一下一下，小小地、慢慢地剪的。我五個兒女，一向都是我替他們剪髮。」

她用剪刀還是鬍子刮刀都不必追問了，總之我家並沒有任何適當的剪髮工具。

我容忍了她。因為在許多方面都顯示她的確懂得照顧孩子，而且有愛心。但是為了避免發生事故，此後小女的頭髮每有寸進，便送去理髮店辦理。就這樣，女兒一直短髮及耳，維持到去年秋天，她升上低班之後。

經過兩年的學校生活，做了低班姐姐的她，可說是見多識廣，不但會得發表意見，而且不輕易受擺佈，還有，連說話的技巧都大有進步了。

有一天她問我：「我可以留長頭髮嗎？」

「唉，長頭髮很麻煩……」

又有一天，她問：「男孩子留長頭髮好不好？」

「當然不好。」

「那麼女孩子呢？」

我當時隨意回答，大概是女孩子的頭髮可長可短之類，根本沒想到已向陷阱步步前進。然後她說班主任對珍珍同學特別好，原因是珍珍有一把長髮，老師會在同學的午睡之後，特別把珍珍叫到跟前，為她梳理蓬亂的頭髮，有時把頭髮結成許多條辮子，有時會用彩色珠子編在頭髮上。

總之，老師摟着珍珍有許多話說。

最後，女兒指着舊照片說：「媽媽，你看以前你也是長髮，嘩，多好看，仙女一樣，我暈咯！」

女兒願望得遂，她試著留長髮。到了去年冬天，她頭頂上有條衝天炮似的小辮子；有時頭髮兩分，用橡皮圈綁住後，好像水牛的兩隻角。為了美化頭髮，又買了許多廉價小飾物，如蘋果、蝴蝶之類，她每天頂着這些束縛和負累，洋洋得意上學去。

說是束縛和負累，並不誇張，因為用橡皮圈束緊頭髮時，不免要拉扯；戴上髮夾，又要顧慮跑動時，可能掉下來，而且，雖然老師也摟着她為她梳頭、跟她說話，可是她更喜歡與同學玩遊戲，她不喜歡花時間在頭髮上拉拉扯扯，又要提防頭上的裝飾有沒有丟掉。

她本來想做仙女或者公主，最新的目標是兵士，但是無論從書本或電視卡通片集所見，沒有一個兵士有長頭髮，《花木蘭》的電影裏，兵士還要剪短頭髮，顯見長頭髮沒有甚麼用。

最現實的問題是，頭髮長了，可能有蝨子躲在裏面做窩（她媽媽說的），她會像個煉獄靈魂似的，垂着一頭爬滿蝨子的長髮在地球上飄動，再沒有肯親近她的人。

還有，游泳時長頭髮在水面飄散，像一隻嚇人的水母。

「我可以戴泳帽。」女兒說。

我要她自己想清楚，她在水裏做一隻爽快利落的青蛙好呢，還是一隻纏人討厭的水母好。

經過春天，到了夏天，我已經十分不耐煩她那把濃厚的長髮，千方百計游說她，終於有一天她答應了，機不可失，我馬上與她上理髮店。在路上，她還要問：「如果我剪了頭髮，沒有了力氣呢？」

「不會，那只是個神話故事。」

剪了頭髮後，女兒若有所失，鬱悶不樂，晦氣地說：以後都不再留長髮了。

我讓她鬧情緒，讓她去悼念那些亡髮，然後在晚上，她睡覺前，要她向月亮燈燈請安，告訴她明天的月亮又會圓一點、圓一點，跟着又會瘦一點、瘦一點。
月亮都可以瘦瘦肥肥，人的頭髮為甚麼不可以短短長長呢？
女兒起身拉着我，哽咽着說：「我明白了。」
我摸着她頭上的短髮，像摸着一頭短毛刺蝟，無話可說。

颱風瑪姬光臨日

星期一早上，八號風球。

星期二早上，三號風球。

颱風瑪姬走了又回來，幼稚園連續兩天停課。女兒早上醒來，看到窗外灰濛濛一片天慘地愁景象，嘆口氣說：「太陽伯伯又輸了。」

風姐姐肆虐，學校停課，哪裏都不能去，就在家裏百無聊賴的時候，我們做甚麼好？女兒說：「我們玩拼圖，向高難度挑戰。」

於是在這個屋外風雨飄搖、屋內音樂輕柔的早上，我們搬出拼圖，向五百塊的高難度挑戰。

說高難度，一點都不錯。女兒上一次完成的拼圖是彩色繽紛的海底世界，一共二百五十塊。拼好的圖畫又漂亮又生動，而且的確花了她許多時間和心血，我看了都不忍拆散，這幅海底圖就壓在飯桌的玻璃板下。我覺得二百五十塊的拼圖於她這個年紀已是極限了，可是我們又有一盒五百塊的小狗圖，這幅小狗圖顏色單調，就是一頭小黃狗在黑色的木柵上，無奈地看着水中自己的倒影。整幅畫的大部分顏色是淺灰和淺藍，小狗和它的倒影從神態到毛色又相近，要把這一大堆相似的碎片重新組合，談何容易。

這盒拼圖在商店的架子上擺放了好一段日子，喜歡小狗的女兒每次經過都對它凝神細看，愈看愈覺得小狗可憐。她把自己對這幅圖畫的理解告訴我：「小狗沒有人陪牠玩，他看到水裏的倒影，以為是個朋友，可是又不敢跳進水裏，牠多麼可憐……」

這幅小狗圖的確可愛又可憐，可是一向的拼圖經驗告訴我，愈是顏色單調、形象輪廓模糊的拼圖愈是難搞，而且五百塊，老天，只怕開始了就不肯放手，大家都不要吃飯睡覺了。

有一天經過商店，女兒又跑進去看小狗圖，牠還在架上。咦，大減價，減了一半不止，五百塊的拼圖只賣四十九元。女兒喜歡這幅小狗，她又有個貪便宜的媽媽，於是這盒拼圖我們買回來了。

本來議定這盒拼圖留待暑假才拆開，但是風姐姐瑪姬不肯走，我們有兩天黃金假期，正好專心在拼圖堆裏尋尋覓覓。

女兒是拼圖遊戲的高手，媽媽是助手，負責在她有些灰心、面紅耳熱時，從旁鼓勵一下。此外在必要時，找出一塊關鍵圖片，不動聲色地移到她手指附近，讓她在茫無頭緒中有個驚喜發現。

有個媽媽對我鼓勵女兒玩拼圖很不以為然，她問：「這有甚麼用？」用處麼？表面看來沒有。不比學英文、鋼琴、跳舞之類，總有成績表列明進度，家長又可以在人前人後聲稱孩子上些甚麼課，去到哪一級了。至於拼圖，從六十四塊開始，遞進為一百、一百五十、二百五十，即使去到五千塊，好像也沒有甚麼大不了，恐怕還有人認為是浪費時間。

但是如果作為一種消遣，不比賴坐在電視機前，緊盯着那些吱喳鬼叫的卡通片好麼？何況我希望透過拼圖遊戲，培養孩子的專心和耐性，還有的是，讓她學會享受安靜。紅塵滾滾，熱鬧煩囂，俗人都免不了要在聲色迷離的世界裏浮沉，習慣之後，如入鮑魚之肆，不聞其臭。若換一個環境，稍為清淡一下的生活，馬上渾身發癢，煩躁不安，如同世界末日。不信，試看多少人害怕安靜，無論身在何處，都要有收音機、電視機或其他機器喳啦喳啦的聲浪陪着才有安全感，清靜於他們如同懲罰，更別說樂於享受了。

一個人若只能在熱鬧嘈吵中生活，沒有一點閒適淡泊作為調劑，會不會失衡？正如一個人光吃肉，不肯吃一口蔬菜，身體如何健康得起來？

拼圖遊戲需要時間和精神，需要專心耐性，更需要環境安寧。定然後能靜，靜然後能慮，我想一個安於清靜的人，必會氣定神閒些，耳聰目明些，考慮問題時，也會細密周詳些。

上午玩拼圖，到了下午，忽地風消雨歇，清風吹送，女兒已拼好小黃狗的身體，她還要繼續努力，我看天氣好，催她去公園打鞦韆。

公園裏有兩種鞦韆，一種是讓BB仔玩的，像一張圍着護欄的小椅子；另一種是讓稍大的孩子玩的，座板吊得很高，女兒爬不上，每次都要大人抱上去。像女兒這個年紀，不大不小，高不成低不就，小鞦韆她看不上，大鞦韆她攀不上，但是她堅持低班姐姐就要玩大鞦韆。

她在鞦韆架上半個鐘頭都不肯下來，我在花香陣陣的白蘭樹下，看她在半空中搖來蕩去，好不得意。每隔片刻她就喊我一聲，我馬上向她豎起大拇指，她要的就是這個。

上一次打鞦韆時，我還要站在她旁邊，要她配合我的口號「上一下」、「上一下」的擺動兩腿。再上一次，她在鞦韆上不到十分鐘，已被我罵得哭喪着臉下來——因為她笨，老學不會，兩條腿擺動得總不是時候。

那天，我生氣得自己坐上鞦韆板示範，就在我一邊做示範動作，一邊說：「就是這樣簡單，你怎麼做不來，你已經四歲了——」

話才出口，猛然住嘴，像靈光一閃地，我想起自己小學二年級時還不會打鞦韆，那時候初到澳門，就讀的聖羅撒學校有個大操場，裏面有好些遊樂設施，最受歡迎的是鞦韆。鞦韆總輪不到我，因為我不會打。我只能玩滑梯，遙看別人在鞦韆上愈盪愈高，羨慕得不得了。然後在下雨天，大家都在室內玩遊戲時，我會偷偷的溜到操場，在沒有人搶着玩，也沒有人嘲笑我的時候，坐上鞦韆板，雙腿亂蹬，發憤圖強。

在無人指點，自己又笨（只好承認了），又並非每個下雨天都可以溜出去練習的情況下，奮鬥經年，才有所成，我是在小學四年級左右才會得好好地打鞦韆的，唉！

所以，我憑甚麼去嘲笑怒罵一個剛由BB鞦韆轉坐大鞦韆的四歲小孩？

女兒神情沮喪，我心中不忍，而且愧疚，於是把自己打鞦韆的故事說出來，女兒聽得津津有味，神色數變，最後變成強帶歡容，一邊用手摸着我的頭，一邊安慰我說：「媽媽你不要難過，你不是笨，原因是那時候沒有人教你罷了。現在有你教我，我一定會很快學會的。」

她再坐上鞦韆板時，忽然問了一句：「媽媽，那時候下雨天，你去打鞦韆，有沒有傷風？你要小心身體呵。」

「我知道了。」我說。

在過去式與現在式混亂一堆中，女兒忽然間會得打鞦韆了，她的腰腿配合有致，一板一眼地，鞦韆盪得愈來愈高，她成功了。

今天，在颱風瑪姬臨別秋波那一轉的下午，女兒在鞦韆架上盪來盪去，我除了要豎起大拇指表示讚賞外，還要有些提心吊膽的提醒她：「停一停，太高了！」

女兒在鞦韆架上向我扮鬼臉，洋洋得意。

我卻想着要趁她上學時，多些練習拼圖，千萬要培養好自己的耐心和優雅儀容。

溜冰場上的是與非／A君B君和C君

女兒在她爸爸懷裏嗚嗚咽咽的哭，大人好話説盡，她還是不能開解。她傷心的原因是：她喜歡A君，可是A君不理她；B君想和她一起，她又看不上B君。於是獨自惆悵感懷，痛哭了半個鐘頭。

所謂A君、B君，都是溜冰場的學生，A君九歲，有四年溜冰經驗；B君六歲，初學溜冰。A君和B君是兩姊弟。

A君B君之外，還有一個C君。C君與女兒同級，跟同一位教練學溜冰，通常在溜冰課之後兩人結伴在場上追逐遊戲。

幾個星期前，遇到一位久違的朋友，她帶了女兒和兒子來上課，也就是A君和B君。

在大人眼中看來，這正好，幾個小孩可以玩在一塊兒，互相扶持照顧——當然是A君扶持照顧小女，因為她的溜冰技術好。我拜託A君，要她這個大姐姐幫忙看着小女，她一口答應。

最初的兩、三個星期日，一切毫無問題，A君與小女結伴，或拉着手在溜冰場上滑翔；或憑欄練習翹腿、旋轉等難度比較高的動作。小女明顯力有不逮，但是出於崇拜英雄的心理，她喜歡跟着A君，努力模仿A君的動作，間或險象橫生，但是有A君照顧，我很放心。

自私一點說，我還真希望小女能夠與A君相處愉快，所謂無友不如己者，小女只有與比她本領高的人在一起，無論是在遊戲中學習，或在學習中遊戲，都會大有裨益。

A君在她同齡的朋友中，溜冰技術最好，而且這個丫頭有領導才能，漸漸的就吸引了幾個年紀相若的小女孩，在A君一馬當先的帶領下，小女孩呼嘯成堆，馳騁冰場，忽東忽西，風來雲去，得意非常。

原本與小女要好的C君，見到群雌粥粥，招架不來，轉移陣地，與幾個小伙子結成陣線，自成一堆，玩得高高興興。看他們對女生藐嘴藐舌的樣子，大概也不屑與女生來往了。

至於B君，初學溜冰，程度不及小女，只是朝中有人好做官，何況最高領導人是他的親姐姐，親姐姐或拉着他的手，或讓他尾隨跟着，總之帶在身邊，不離不棄。

但是最高領導人不能一味護短，她一手拉着弟弟，另一隻手會拉着個與她旗鼓相當的同伴，這樣一來，小女只好變成她的馬後炮。

小女不以為忤，誓死效忠，努力運動短小雙腿，非要追趕上這些姐姐。她還找到捷徑方法，就是這些大姐姐繞場飛奔時，她一旦趕不上，立即改變方向，橫過場中央，剛好與遠遠飛來的姐姐們會合。情況是人家跑完一圈，她只要看準時機，發動馬力，只跑個半圈，勉強跟得上。

大概是技術高超的姐姐們都不耐煩了，嘖有煩言，最高領導人順應民意，決定放棄兩個礙手礙腳的小的篤，也就是小女和B君。要他們兩個自成組合，自己練習。

B君初學溜冰，程度與小女差別太大，小女雖然喜歡BB仔，卻對一個比她長得高，技術不如她的男生不感興趣。她聽從A君吩咐，與B君玩了一會，始終不是味道。B君走路不穩，屢次跌倒，她自顧不暇，哪裏照顧得了別人。

期間C君來找她，可是曾經滄海難為水，小女自從與那些姐姐輩相處後，覺得自己都會得飛了，才不要理睬小麻雀哩。她一心一意要追隨A君，可是A君成就太高，她追不上。追不上又要拼命追的結果是多次砰然一聲滑倒在冰上。

大概很痛，又很傷心，在溜冰場外看書的我，忽然間全身神經顫動，耳朵裏只聽到「媽媽呀，媽媽」的哭叫聲，跑到冰場門口，只見小女坐在地上，雙腿亂踢，哇哇大哭。場內管理員要扶她起來，她不肯，在撒賴。終於被抱出來了，兩條大腿上有被擦傷的痕迹，還流血。不過她的哭喊並非痛和傷，她兩眼盯着在冰場上嘻嘻哈哈的A君，A君居然沒有把她跌倒受傷當一回事。

上個星期日，小女溜冰課後，如常遇到A、B、C君。

A君縱橫冰場，隨者有女孩數個，B君似被遺棄，在溜冰場一隅學習走路，至於小女，滿懷高興地向A君報到，A君卻說：「你自己練習吧，不要再跟着我們，你追不上的。」

小女不忿，當場追了幾個圈，然後眼紅紅地走出來，「媽媽，她們不跟我玩了。」

平時的小輩爭鬧，可以用糖果餅乾解決，但是這一次情況不同，不但是能力之爭，而且涉及代溝問題。

小女四歲，大姐姐九歲，我以前的觀念裏，根本沒想過她們的溝通有問題。卻不知一個讀幼稚園，一個讀小學，無論是眼界和思想都有重大差距。再講到溜冰，一個在學習速度溜冰，一個尚在基本功上摸索，這兩個人又如何溝通和一起練習？

A君夥同她的同級同學練習是當然之事，小女要求加入，自然造成不便。我只好用阿姨身分，向A君施壓：「你媽媽不是要你照顧小妹妹麼，你可以和她一起玩麼？」

A君一口應承，牽着小女的手出去了。可是不到五分鐘，又跑來跟我說：「姨姨，她的確跟不上我們，對不起，我照顧不了她。」

小女汪着兩眶眼淚，手不住的擦臉，B君和C君陸續來慰問，邀請她一起去遊戲，小女只是不肯，她眼中只有A君，可是A君和其他的X、Y、Z君玩得不知多高興。

我勸女兒：「你和B君玩吧，他學溜冰不久，你照顧他好不好？」

哇哇哇！

「那麼C君呢？」

哇哇哇！

我生氣了，大概面色難看：「那麼你想怎麼辦？」

女兒抽抽噎噎，只想A君與她一起拉着手，重歸於好。

但是你還有B君？

B君？女兒痛哭失聲，末了說：「他只會得跌倒。」

OK，A君不理你，你又不理睬B君與C君，你要吸引A君的注意，你會怎麼辦？

「發憤圖強。」女兒說。

是。不過，運動方面，大概可以透過練習成為人上人，但是在做人方面，又豈是勤力刻苦就有成就？

女兒在她老爹懷抱中，為溜冰場上失去朋友痛哭不已，豈不知在大人的生活戰場上，更要為非能力所控制的變故，而舉目無親，欲哭無淚。女兒痛哭尚有倚恃，大人的委屈，強裝堅強，又不知把眼淚彈向何處？

我是一粒小種子

我是一粒小種子，深深藏在泥土裏。
陽光雨水和空氣，使我發芽長大。
慢慢地，長長長，漸漸地，高高高，像美麗的花朵一樣。
今日再聽女兒唱這首歌，暗中觀察她的舉動，心中另有一番感受。

一向以為自己的兒女，朝夕相對，所謂知女莫若母，我對她的了解還不夠清楚？原來的確有不足之處。

例如說，美術老師說小女有耐性；音樂老師說小女反應敏捷；語文老師說小女記性好；班主任說小女做事勤快、樂於助人……等等。別人稱讚小女，身為母親的與有榮焉，但是我心中不免有些納罕，怎麼小女的這些優點，我都看不出來？

就說她的記性，她何來好記性？陪她讀書的我，往往因為她的過目即忘，氣得如青蛙亂跳。

她也認為自己記性差，是個笨腦袋，陪我逛超級市場時，但凡見到推銷甚麼補湯，就會停下來研究，並且很勇敢的問推銷員：「這個湯補腦麼？」

推銷員弄清楚她的問題後，大多數會說：「當然補腦，對小孩子最有效。」

就算是賣菊花茶或壯陽補品的，亦會婉轉的說：「小妹妹，對身體好的食物，對腦袋當然也有好處。」

家裏雜物櫃裏，因而堆了好些金針菇、猴頭菇類的湯劑。

此外，若有核桃露或黑芝麻湯圓，女兒亦會多吃，理由是：「我笨，沒有記性，吃這個有益。」

所以你說，當語文老師說她記性好時，我何等驚訝？

說她有耐性，我只能同意一半，她有興趣的活動，自然有鍥而不捨的精神，例如玩拼圖，她的耐性就比我好。繪畫是她的興趣，表現自然積極，但是其他方面，我倒看不出她的耐性如何特別的好。

至於說做事勤快、反應敏捷，更教我大吃一驚。

小女經常被我怒目而視、大聲喝罵甚至動手動腳的，正是她的慢條斯理、好整以暇。我眼中這個小傢伙沒有時間觀念，任你在一旁跳腳，就快心臟病發，她只是磨蹭蹉跎，明日復明日，明日何其多。

這個被我譏笑為「咪麼豬」的小東西，班主任居然稱讚她做事勤快？我按捺不住，願聞其詳，請老師舉幾個例子。

原來上課時，老師向同學發問，她總是舉手最快的其中之一，答問準確又有條理，而且能夠觸類旁通。

還有，同學們遊戲或課外活動完畢，她會很快地收拾好用具，並且熱心地幫忙其他同學。小息時，她會主動幫老師的忙，做些小跑腿工作。大概夠勤快，不但班主任叫她做小秘書，就是其他老師，也以「秘書小姐」稱呼她。

我聽得有些發傻，禁不住說：「我一向以為她慢吞吞，做事不起勁。」

班主任搖頭笑道：「她一點都不慢吞吞，如果要評分，她的表現在水準之上。也許是你心急了些，因此覺得她慢。」

又是我的問題？

於是按捺脾氣，放鬆心情，重新觀察女兒，我就不信我對這個小的篤的了解，竟比不上她的老師。

漸漸就有些頭緒了。

其實我豈會不熟悉自己的女兒，之所以覺得她不及格，原因只在於愛之深，故此責之切。

每個人都有優點和缺點，為了「愛」她的緣故，偏要她有盡天下人的優點，又為了「愛」她的緣故，把她的缺點用顯微鏡放大無數倍，結果她當然樣樣不及格，一無是處，我則青筋暴現，暴跳如雷。

比如說，朋友偶然見面，都說她長高了，而且靚女了，我雖然知道她比去年高了（拿舊衣服在她身上比一比就知道），但是心裏仍在嘀咕她與同齡小朋友比起來，顯得有些矮；至於說她漂亮，我又會想，她的表姐才當得起靚女之名，與她表姐比較，她不過是隻小蛤蟆。

比上不足比下有餘這個道理我懂得，也經常用來開解別人和自己，沒想到面對自己的女兒，居然甚麼道理都抛到九霄雲外，只管催迫她向上，這和那些只會責罵兒女「你看隔壁某某多聰明、多勤力，你怎麼不學學」的無知師奶有何分別？

唉，只怕弄得女兒都自卑了，否則她怎麼會急於找吃了會聰明些的補品？

那天她幫忙做家務，獨力舉起一張大椅子，我讚她好力氣，她居然自嘲地說：「我知道，我孔武有力，但係一事無成吖嘛。」

音樂老師說她耳朵靈敏、反應快，每次音樂老師誇獎她之後，她都會賴在鋼琴邊，努力練習，半天都不肯下來。

好說話人人愛聽，以鼓勵代替責備，對孩子尤其有效，再想一想自己也是個渾身缺點的俗物，又何必對女兒苦苦壓迫，要她做個十全十美的人？

媽媽年年十八歲

七月是女兒的生日月。

在她眼中，七月的風光特別明媚，特別的鳥語花香。小鳥的吱啁特別好聽，是為她唱生日歌；花朵迎風搖曳，是為她跳生日舞。

她認為七月是一年中最隆重的月份，因為七月的某一天，是她的生日；當然她也認為天地間最重要的事，莫過於她的存在，有她的存在，才有她眼中的經驗世界，所以她最重要，她的生日特別的有意義。

自六月份開始，她就有度日如年的感覺，去年她會問我為甚麼不多撳幾頁日曆，「反正那些日曆紙都不要的，為甚麼不一次把六月的日曆紙都撕掉？」

然後她知道日出日落，月圓月缺，都有一定的規律，勉強不來，她只好耐着性子慢慢的守候。

大人感歎光陰似箭，日月如梭，轉眼又到了交學費、管理費、水電費、XYZ 費以及要命的供樓月費。小女只問：「媽媽，五月了，跟着是六月，立即到七月了。月份可以單數跳嗎？」

她不久前學會了單數、雙數的間隔讀法，也許幻想代表時間的月份也作隔行跳，從五月一下子跳到七月去。

踏入六月，女兒已經興奮，到了七月，情緒日益高漲，每天早上扳着手指數還有多少天是正式生日。如果我有能力，一定為她做一個類似香港回歸的倒數時間表，讓她的熱切盼望有個具體指標。當然，她的這份熱切盼望是真心實意，並非趁熱鬧，更不會混水摸魚。

女兒盼望過生日，並不是為了禮物和節目，她的目的是到了那一天，可以名正言順對人說：「我已經五歲，就快六歲了。」

她一向認為自己早已經五歲，或者已有七歲了，原因是過生日固然長一歲，可是每逢新曆年、農曆年，大人都會對她說：「過了新年，你又添一歲，大個女了。」

有一次她瞎摸瞎算，竟然算出自己最少也有十歲了。一年有兩次「長一歲」的新年，再加上新曆生日、農曆生日，怎麼不超過十歲。

她用這個方法算公公和嫲嫲的歲數，大吃一驚叫起來：「嘩！他們有兩百歲了。」

小孩喜歡作大，大人喜歡作小，小女希望每年加三歲，最好一下子跳到十八歲，她娘親的歲數卻是不動如山，年年十八歲。

女兒從只有自我，進而關心別人，往往先注意她親愛的媽媽，她計算自己的歲數，也計算我的。每逢她問我多少歲，我的回答必是「十八歲」。

其實除了女兒，我並不向任何人隱瞞年齡，沒有這個必要。但是亦不想張揚，又不是學位名銜，不是研究成就，何必人盡皆知。至於為甚麼要向女兒虛報年歲，説來是個可笑的理由，只為了不想讓她覺得母女之間歲差太大。她和她的十八歲表姐很合得來，相差十幾歲總比相差幾十歲容易相處。

不過要小心，女兒開始學加減數了，最近才被她捉住問：「你今年十八歲，去年呢？」

「十七歲。」我想也不想就答，還順便教訓她：「18-1=17。你畫個圖出來算一算就清楚了。」

「這個我明白，我只是不明白你去年，十七歲時為甚麼可以開汽車，你不怕警察叔叔捉你？」女兒一臉孔的問號。

「我麼？我去年十八歲，今年未到生日，還是十八歲。」

看她神色滿意，我慶幸自己反應敏捷。

你看，謊話說多了，自己都記不住。

女兒的推算能力一天比一天強，也許在她似懂未懂時，還有一個問題會問：「你今年十八歲，你生我那一年多少歲？」

唔，要早些準備答案，免得問題突然而來，不知如何應變。

女兒對十八歲充滿期望，因為她媽媽說過：十八歲可以駕駛汽車；十八歲可以做大學生，最重要的一項是，女兒渴望有個BB仔陪她玩，想來想去想不到，決定自己來。她媽媽說：「好，等你滿了十八歲再說。」

她的這個偉大願望，連她的班主任都知道，班主任問我，我笑道：「她十八歲時，海闊天空，要做的事多着，哪裏還記得要生BB。」

或者可以說，如果她到了十八歲，仍然想生BB，或者已生了BB，無疑是她生命道路上的一大錯着，也是家庭、學校以及社會教育的失敗。

將要步入五整歲的她，當然不會想及人生、經世等大問題，這些事情都只讓她那個年十八歲的媽媽去多疑多慮，憂喜參半，患得又患失。

我對女兒說：「媽媽以前過生日，總會定下一個目標，計劃又大一歲的自己要做些甚麼。你呢，也要有些願望才好。」

媽媽希望女兒的人生有計劃，卻不敢說自己以前每逢生日前夕，總是懊悔交加，因為馬齒徒增，一事無成，白白的又浪費了一年。

弄清楚甚麼叫做目標、計劃、願望之後，女兒托着頭，苦苦思索了兩分鐘，忽然間眼睛一亮，下定決心說：「我要學京戲！」

女兒最近看過幾齣京戲錄影帶，包括《擋馬》、《穆桂英掛帥》、《白蛇傳》等，興趣極濃，時刻模仿劇中人的身段台步。我看着覺得好玩，並不禁止，不過，要學又是另一回事。

沒想到她的五歲志願是學京戲，並且一再追問我有沒有為她找學校。看着吧，假如她興致不減，並非三分鐘熱度，才為她找門路也不遲。

作為課餘活動，學京戲，也不錯。

我家有個小戲迷

沒想到女兒對中國傳統戲曲有興趣，我一則以喜，一則以煩。喜的是她眼界得以擴闊，並不局限於卡通人物，煩的是我必須陪她看戲、解說內容以及戲曲獨特的唱說語言和形體動作。

本來她喜歡的女英雄是卡通片的花木蘭，因為花木蘭除了英姿颯爽外，還有一隻神態威武肯聽她使喚的黑馬。後來看了京戲的《擋馬》，發覺舞台上的「馬」可以靠想像，通過主角舉手投足等等動作表現出來，茅塞頓開，原來她只需要好好利用那根家法——籐條，就可以馳騁縱橫了。

《擋馬》雖然好看，但是女兒表演的擋馬卻讓我提心吊膽，她模仿裏面各種高難度動作，一會兒攀上椅子，試圖從椅背後面爬下來；一會兒捉着自己的腳，努力拉到頭頂上；她還要練習翻觔斗……我看了實在害怕，叫停又停不住，她偶然想起一個動作，邊做邊說：「媽媽你看我，做得像不像？」

惟有轉移她的注意力，讓她看花旦戲。花旦戲例如《掛畫》、《小上墳》之類，有唱有做，載歌載舞，而且女主角的打扮都很漂亮。不過，就是在解釋劇情上，要多費周章。《掛畫》要表現的是待嫁姑娘那種興奮心情；《小上墳》是寡婦去哭丈夫的墳，原來丈夫未死，還做了官，夫妻在墳前相遇，雙方打情罵俏一番，這種內容可說兒童不宜，只好對她瞎編一套故事。

我說：「《掛畫》呢，是這位小姐的家裏要裝修，她在屋子裏鑽來鑽去，攀上攀落，就為了要把客廳佈置得好看些。」

劇情結束於花轎臨門，丫頭來通報，小姐急不及待地要換衣服，又把一方紅巾蓋在頭上。女兒問這個小姐為甚麼要做蒙面BB——那似乎是女兒的專利。

「她和丫頭玩捉迷藏。」我說，神色不動。

《小上墳》是花旦和小丑載歌載舞的對手戲，這個就容易胡說八道了，我說是夫人上街時，路上碰見朋友，兩人歡歡喜喜地手舞足蹈閒話家常。

女兒笑起來：「以前的人都是這樣瘋瘋癲癲的嗎？」

「這是藝術表演，不是瘋瘋癲癲。」我對她如此解釋。

沒想到女兒活學活用，之後她每次披着大毛巾，在屋裏搖搖擺擺奔來跑去時，若被我喝停，便會回我一句：「我是在藝術表演，你看不懂麼？」

一面用藝術這頂大帽子壓我，一面還要用她自以為的關目，向我凌厲地瞪一下。

為了讓她全面地認識戲曲的女角色，除了花旦和武旦，我給她看文戲，就是《紅樓夢》、《西廂記》之類，我以為這些動作細緻、唱腔比較多的文戲會讓她發悶，沒想到她居然看得津津有味。她看了吳君麗和王文娟扮演的林黛玉，會得問：「林妹妹是甚麼人？為甚麼一個說中文，一個說普通話？」

一齣是粵劇，她比較容易聽明白，一齣是紹興戲，對她來說就顯得深奧了。「那不是普通話，是近似你公公說的那種上海話。林妹妹是蘇州人。」

其實這個解釋也不妥當，蘇州在江蘇省內，越劇卻是浙江紹興一帶的地方戲。蘇州話軟綿綿，寧波紹興的方言就顯得硬邦邦。不過，自古江浙並稱，對我這個還不知東南西北為何物的寶貝女兒來說，她只要知道世上除了廣州話是中文之外，其他的普通話、上海話、寧波話……都是中文，而且都可以唱戲就夠了。

有一天，看她手裏把弄一條小毛巾，對着魚缸裏的游魚自言自語，我隨口說：「你別嚇着牠們。」

轉身回來，見女兒仍在唸唸有詞，忽聽到一句：「願君多採擷，此物最相思。」背完了詩句，拿着手帕的手輕輕舉起，在眼角點一下，側頭瞄我一眼，口裏「唉」的歎了口氣，尾音拖得特別長，十分的無奈淒涼。

知女莫若母，我笑道：「林黛玉只教鸚鵡唸詩，沒聽過她對金魚說話，你搞錯了吧？」

女兒立即問：「我們沒有鸚鵡，你買一隻給我，好不好？」

當然不好。「呀，那個林妹妹，不但喜歡鳥兒，也喜歡花兒。她最喜歡花，連掉在地上的花都痛惜，你怎麼不去清理一下露台上飄落一地的茉莉花兒？」

仍肯被我擺佈的女兒，果然轉去露台，她要找掃帚，我說：「不必了，一共就只有這十來朵，用手指拈起，放到花盆裏去就得了。」

「但是我又不會唱葬花詞。」女兒有些為難。

「你心裏想起哪幾首詩，就背那些。我不是教過你很多，都忘了不成？」

女兒手作蘭花指狀，把花朵拾起，放在花盆的泥上，口裏果然背起詩來。第一句十分貼切，她說「化作春泥更護花」，跟着的詩句就亂七八糟，甚麼月落烏啼霜滿天、三日入廚下，洗手作羹湯、孤舟簑笠翁，獨釣寒江雪……都出籠了。末了撿到一朵剛剛辭枝的茉莉花，竟然問我：「媽媽，這朵最新鮮，又香，你要不要泡花茶？」

目前來說，在她認識的戲曲女主角中，最上心的是林黛玉。為甚麼喜歡林妹妹呢？「因為她沒有爸爸媽媽，又瘦又病，很可憐。」女兒這樣說。
不知道賈寶玉鍾情於林妹妹，是否同一心理。
後來叫女兒洗手吃點心，她用眼角瞥一瞥我，「我是林妹妹。」
「好，林妹妹，你要吃甚麼？」
壯如牛犢的林妹妹回答：「我要魚蛋粉和朱古力雪糕。」

BB仔與大個女

到學校接女兒放學，離開時經過另一個課室，她的班主任在裏面，背着門口在桌上寫字。我要女兒跟老師說再見，她在喉嚨裏擠出「Bye Bye」兩個字，轉過臉急腳跑走了。

我追上去問她：「聲音這麼小，老師根本沒聽見。要不要回去再說一次？」

女兒輕輕搖頭，只是往前走，神情悶悶不樂。

平時不是這樣，女兒只要見到她的班主任，不管別人正忙着甚麼，她都會像麻雀一樣跳着跑過去，非要老師摟抱她一會，說幾句話才肯罷休。像今天這樣子，實在少見。

「你不聽話，讓老師罵了？」我問她。

「沒有。」

在學校門外遇到一個小同學，小同學向我打了招呼，隨即指着女兒說：「姨姨，她今天在學校哭了。」

後來我向女兒問原因，她吞吞吐吐的把事情說出來。原來班主任一定要她穿上外套，她不願意，哭了。外套被迫穿在身上，她心裏一直埋怨老師，放學時也不要跟她說再見。

「女兒呀，你怪錯人了。是媽媽跟班主任說，要你披上外套的。」我恍然大悟，嘆著氣解釋。

今天是學校為七月份生日的小朋友舉行生日會的日子，她穿上新買的背心裙，自覺漂亮得像個公主，說甚麼都不肯穿外套，但是學校裏開着冷氣，我恐怕她着涼，便請班主任讓她漂亮過後，給她穿上外套。班主任不負所託，可是穿上外套的女兒，也憂鬱了一整天。

她給我看派回來的照片，女兒站在一個大蛋糕和一大堆禮物前，披上外套，強顏歡笑。

「你看，這件外套把裙子上的蝴蝶遮住了。」女兒說着，眼睛又紅起來。

「但是你也不能對老師生氣，她是為你好，而且是媽媽請她這樣做的，媽媽也是為你好。」

「你們都說為我好，可是我根本不覺得冷。」女兒搶着大聲說，神情悲憤。

我把她拉到身邊，好言好語，苦口婆心地長篇大論一番，直到她承認自己的態度不對，媽媽和老師的做法沒有錯為止。

事情看來告一段落，女兒恢復了滿面笑容、比手畫腳蹦蹦亂跳的模樣，但是我卻浮想聯翩，想起了許多相關問題來。

踏入五歲的女兒，的確與以前有很大的不同。

儘管每次換季，都會從她的身形和舊衣服的比例中，得知她長高了，但是並沒有認真想到她不但長高，事實上還長大了這種事實。

前幾天帶她去買衣服，還是習慣地先在嬰兒部走一圈，不得要領之下，才拖着她的手轉去童裝部。也許在我心中，女兒還是個「牙牙仔」——起碼在不久之前還是個「牙牙仔」。這種心態，想來天下父母都一樣。因兒女快高長大，卻又接受不了兒女已經長大成人的事實。你看我的家婆大人，每次動身出門，例如到附近酒樓吃飯之類，她都要向兒子媳婦和比她高出一個頭的孫兒孫女告誡一遍：「去咗廁所未？屙完尿先好出去呀。」

於是，連小女都會學着大人的口吻，嘆着氣嚷：「嫲嫲呀……」

唉……！

（也許下次，我會對家婆大人說：「我未去廁所，現在就去，謝謝你提醒我。」以體親心。）

家婆大人的兒子媳婦，頭上都有幾許白髮了，她還把我們當小孩看待，我的女兒七月底就五歲了，可是她軟綿綿一團，在我懷中睡着的情景仍然歷歷在目，怎不叫我時空倒錯，彷彿如夢？

BB仔的確長大了，她腳踏實地，眼看前方，隨着學識的增加，信心為之爆棚。由於信心十足，她敢於發表意見，據理力爭；可是人微形小，敵眾我寡——例如爸爸媽媽和老師聯手對她施壓力，迫她在背心裙外穿外衣，她會鬱鬱不歡，情緒低落。

換句話說，她有自己的意見和說法，有自己的情緒和心事，她正在自我獨立和完善的路上啟步。

為了證明自己的重要，她會比手畫腳，不斷把每個意見重複再說：「呢……因為……所以……。我認為如果……就最好……。點解呢？就因為……結果……。你們說，我的意見是不是比你們的好？」

我們一家三口能夠一起爭論的題目，到今日為止，還在於到哪一個餐廳吃飯，女兒會得運用邏輯思維和語言，意圖駁倒我們，建立她個人與大人平起平坐的局面。

女兒既不是蠢蛋，女兒媽只好隨機應變，千萬不可以以大欺小，恃強淩人。我除了好聲好氣，召她開會大家說道理（從中探知她那個小心眼裏到底想些甚麼）之外，便是想應付辦法。

目前的情況是，可以讓她參與的題目，例如去哪裏吃飯，大家一起提意見，表決通過，少數服從多數，即使她不高興，亦必須隨眾。

我教她一個方法：「既來之，則安之，食物不對胃口無所謂，對身體有益就可以。這樣一想，你就會發覺食物美味無窮。」

另一方面，針對她對權威的反叛心理，先發制人，例如說她對一條紅色裙子情有獨鍾，我要她換衣服時，先揀了這一件，她為了表示與我意見相反，馬上選另一件白色的，這正合乎我的希望，我就是想她穿這條白色裙子。

諸如此類的奸計，於女兒媽而言，往往得逞。不過我也會反躬自問，女兒一日比一日進步，我那些愚昧的說話和方法，對她的控制力又能有多少？

女兒為她的學校生日會鬱鬱不歡之後，她說出她的生日願望，她拉着我，頭埋在我胸前，眼耳口鼻都不見了，模模糊糊地自說自話：「媽媽，我想用奶瓶喝奶，我想做個 BB 仔，你抱着我。」

五歲的娃娃還用奶瓶喝奶？

女兒看來有些失落，或者得着，總之她懷舊心切。她長大了，卻又這麼小，她好像大個女了，原來還是有這樣的 BB 心態。這個生日願望，真教父母難做。

略識之無的女兒

電視新聞報道裏，看到書展開幕的盛況。如果不說明這是漫畫書的書展豈不感動死人，以為香港有這許多看書人和愛書人？鏡頭一轉，訪問了幾個通宵輪候等入場的書迷，有的竟是二、三十歲的成人，又幾乎被嚇死，嘎，大人還着迷公仔書？

小人兒看公仔書，是因為他認識的文字有限，而且在人生的經驗世界，還在啟步階段，書裏的圖像可以補充他知識的不足，例如說海底歷險記之類的圖畫書，讓他認識深海裏千奇百怪的動物和植物。即使是小紅帽之類，也能讓他得到一點做人的道理。此外，圖畫可以加強他的記憶力，培養豐富的想像力……，這都是圖畫故事書對兒童的好處。

可是上了中學以後，閱讀興趣還只限於圖畫故事書，還要靠畫公仔畫出腸的圖書才能明白故事內容，這些人的想像力和創意力之低，實在太叫人驚奇了。

也許，這都是大人懶惰之過。大人只求自己的方便和舒服，從不介意子女一天到晚看電視，孩子只要乖乖的在電視機前坐着，安安靜靜的看電視，管他看些甚麼，總之不吵鬧就行。於是我們觸目所及，許多孩子年紀輕輕便有視力問題，要配眼鏡；這些孩子如果看課外書，也必定是漫畫書，一來文字少，二來不必傷腦筋。我們的孩子表面看來都是戴眼鏡、愛看書的好學生，可是看些甚麼書，就不堪聞問了。

女兒如今看的也是圖畫書，但是她開始不滿足。她的不滿足是因為她媽媽一再告訴她，例如《西遊記》，不管是漫畫《西遊記》或電影卡通《西遊記》，都不及文字原著好看。文字原著的好看是可以一邊看，一邊想，邊看邊想兩者加起來，故事就更精采了。女兒對她媽媽的話深信不疑，於是努力練習讀圖畫書裏的文字。

我把《西遊記》放在她觸手可及處，這套書是她努力的目標所在，她有時會把書捧在手裏，態度虔誠地，喃喃自語：「如果我學會一千個字，就看得懂這本書嗎？」

不過，老實說，我因此也被弄得很煩。

女兒一有空就拿故事書來讀，故事書裏大多數的字她不認識，每個字都要問讀音，問解釋，我有時不勝其擾，不自覺的說：「你先看圖畫，文字以後再看吧。」

如果我的聲音大了些，她只好噤若寒蟬，縮在一旁不作聲，如果我的態度還算溫和，她會反駁：「圖畫我都看過了，我想識字，想看小說原著。」

孩子肯上進，你還好意思嫌她麻煩？只好耐着性子，坐下來，聽她朗讀，教她認字。

我也算是作繭自縛了，聊堪告慰的是，她有顯著進步，不認得的字雖然十之八九，記得的字也有十之一二。別人謙稱自己學問淺是「略識之無」，「之」和「無」這兩個字她倒是認得的。

我常對女兒說，做人不要太貪心，也不要太狠心，貪心和狠心的人是自己雖有一碗飯吃，還要盯着別人那碗飯看，不但看，還要動手搶。別人都不許吃飯，就只有他一個人多得吃不完，結果不是他自己撐死了，就是別人聯合起來把他打死了。

女兒對這個道理似懂非懂，飯桌上，當她一碗飯都吃不完，我向她瞪眼時，她會把飯碗推過來，說：「你不要看着我的碗了，我讓給你吃吧。」

有一天，女兒對我說：「老師說我貪心。」

「為甚麼說你貪心呢？」

「因為我想做 Ivy 的功課。」

Ivy 是高班學生，和小女一樣讀的是全日組。低班和高班在上午各自上課後，即混合成一班，一起吃飯、午睡、做功課和遊戲。小女與高班幾個女生特別要好，Ivy 是其中一個。

「你有你的功課，Ivy 有 Ivy 的，你為甚麼要做她的功課？」

「我會做呀，她寫的字我也會寫。」

我告訴她：「到你讀高班時，你自然會做高班的功課，你何必心急？」

「但是如果我會做高班的功課，就可以讀小學一年級，Ivy、麥苗她們都要讀小學一年級了，我想和她們在一起呀。」女兒説着説着，眼圈兒竟有些紅了。

原來如此。這就觸及一個別離的傷感話題了。讀完幼稚園，學生各自升上不同的小學，再好的玩伴也要分手道別。女兒大概意識到分別在即，每次提起，總有些眼淚汪汪。

「這樣吧，你們互相交換電話號碼，晚上大家通電話談談天，還是好朋友。」我想出方法來。

女兒不願意，「我要和她們在學校裏見面，一起讀書。我也要上小學。」

「讀書要按部就班，不能心急。」

「我問老師，如果我讀書好，可不可以和 Ivy 一起讀小學一年級，老師説我貪心。我不是貪心，我只是想和我的好朋友在一起。」

我表示明白，並且告訴她順其自然的讀書，成績突飛猛進不是貪心，是有上進心。只有「夾硬嚟」，低班功課都沒做好，就要上一年級，這是拉牛上樹，又可以叫做貪心妄想。

我也老老實實的對她説明白，即使她現在就上小一，亦未必可以與 Ivy 同校，因為每個同學的爸爸媽媽都有各自的選擇，即使你與 Ivy 同校，那還有麥苗呢？還有欣欣呢？

為了即將與幾個好朋友分離，女兒近來悶悶不樂，動不動就傷心流淚。

又有一天，她說高班同學在練習唱電影《The Sound of Music》裏的一首歌，她唱給我聽：

So long，farewell……。

我問她知道 So long，farewell 的意思嗎？

「就是說再見囉。」她說，頭又垂下來，開始難過了。

我安慰她：「到九月開課，你就是高班姐姐了，會有新的低班和高班同學和你做朋友了。」

「我不要朋友了。」女兒輕輕搖頭，心灰意冷地，「反正將來又要分開的。」

我看着她，心裏歎氣，我多希望她一生快樂無憂，可是這是不可能的事，她開始嘗到人生的苦味，我這個媽媽，要思量如何為她解開鬱結，助她度過難關了。

但願人長久，千里共嬋娟

與女兒在商場閒逛，忽聽到有人大聲呼喊媽媽，聲音驚惶失措，隨後見到個男人揮動雙手橫衝直撞，顯然急壞了，團團的轉。途人正在愕然，一個中年女人跑過去，一把握住那個人的手，嘴裏連聲說：「是我，我在這裏……媽媽在這裏。」

男子一把拉住他媽媽，嗚咽着叫媽媽，女人說：「我叫你站着不要動，別走來走去……」女人又抬頭向四周看看，似在向眾人解釋，又似在向兒子埋怨，輕輕的說：「唉，我上個廁所，走開一會兒都不行。」

男子的情緒安定下來了，一隻手扶着女人的臂膀，母子倆往另一條路走去了。

女兒目送他們走遠，搖搖我的手，小聲小氣的問：「怎麼一回事？」

我輕描淡寫地說：「不見了媽媽咯。」

「那麼大的一個人，不見了媽媽也會哭？」女兒驚訝得張大了嘴。

「有甚麼奇怪？以前有個人叫做舜，他到了五十歲，還很愛他的爸爸媽媽，每次想起他們都會哭，叫做五十而慕，書上寫的。」

「舜的爸爸媽媽呢？」

「die 了，去見 Buddha 了。」

「爸爸媽媽 die 了當然很傷心，要哭。但是我問的是剛才那個人，他媽媽又沒有 die，只是去了廁所，而且他很大個人了，怎麼還會哭着找媽媽？他不會自己照顧自己麼？他怎麼還要媽媽照顧他？」

你看，專家說的話沒有錯，他們說在兒童階段，女孩子比男孩子的語言表達能力強些，你看她有條不紊的長篇大論，還有，我叫女兒做「好辯駁」也沒錯，她有時候的說話的確是既流利又八卦又好辯。

不過，我又如何向女兒解釋剛才那個大男人，大概只有幾歲孩童的智商？

其實大男人想念父母，以致痛哭流涕，並不是甚麼稀奇的事，孟子說「五十而慕」，我見過的是個年近三十的大男人，好端端的忽然痛哭起來，他想起他的媽媽。

是好多年前的事了，那一次，一夥人約了去澳門遊玩，其中一個人在賭場裏輸光了錢，向一個叫阿邦的人借。阿邦為人正直，可是性格衝動，脾性猛烈，他把向他借錢的人教訓了一頓，兩個人吵罵起來，眾人做好做歹分開他倆，兩人各自黑口黑面不睬對方。可憐這兩個人還是被安排好了同住一個酒店房間的，也不知當晚他們怎麼過。

一宿無話，第二天早上，大家在約好的酒店餐廳吃早餐，等來等去不見阿邦，問他的同房，那人說不知道，早上起來就不見人了。

吃罷早餐，阿邦仍然沒有出現，大家正在躊躇，要不要照原定節目，出去蹓躂觀光呢？猶猶豫豫間，走出酒店大堂，咦，外面石階上坐着的那個人，不就是阿邦嗎？

走過去一看，果然是阿邦。

可是阿邦涕泗縱橫，掩着臉正哭得起勁。

阿邦，阿邦，發生甚麼事？證件不見了？被人打劫了？有人欺負你……？

我走上前，輕聲問他：「阿邦，你哭甚麼？」

阿邦抬起頭，兩眼通紅，抽抽搐搐地說：「我想起我媽媽。」

「你媽媽在哪裏？」

「在鄉下。我很掛念她。」

阿邦是游水偷渡來香港的，那時他還沒有拿到港澳同胞回大陸必須的回鄉介紹書，不能隨便回鄉。

時光尚早，行人不多，阿邦坐在葡京酒店門外的石階上，面對着黃水滔滔的大海，兀自嗚嗚咽咽。大家坐下來陪着他，黯然神傷，那一刻，大家都嘗試了從未有過的思母心切。

那一天，大家買得最多的是各種油膩黏甜的小食和水餃雲吞，都說是帶回去送給母親的，有一個則買給他爸爸，因為他媽媽早已去了天堂，只剩下老爹爹。看大家買得高興，一副孝感動天的樣子，阿邦一度又眼紅紅起來。

我把阿邦在酒店門外哭着想媽媽的故事告訴女兒，她聽了後，默然不作聲，只把我的手捉得緊緊的。

大概是所見所聞印象深刻，到了下午，午睡時間過了，女兒仍然不肯睡去。我迫她上牀，她一定要我陪着聊天。呢喃了成個鐘頭，我朦朦朧朧睡着了——總是這樣，哄人睡覺的人往往是自己先尋着了好夢，不知過了多久，猛然臉上被摑了一掌，驚醒起來一看，女兒的手擱在我臉上，樣子迷糊，眼睛閉着，睡了七八成，還有兩三成恍惚。我起身後，她的手在我的枕頭上仍在慢慢的摸，摸不着我的臉或頭髮，她隨後也醒了。

「媽媽，你在哪裏？」女兒惺忪着眼，放大喉嚨叫。

「我在這裏，本來睡着了，又被你打醒。」我連忙在她身邊躺下，卻禁不住埋怨。她就是有這個怪毛病，人睡着了大半，卻還有少許游離意志，會得用手和腳去試探身邊人在不在，往往又孔武有力，一掌或一腳就把陪睡的人打醒踢醒。

女兒醒過來了，不好意思地說：「我不是故意的，我只是要摸摸你有沒有走開。」

「也不必這樣粗魯。」

「是的。」女兒回答，又來一個奸奸的笑，「不過，我是媽媽女，媽媽粗魯，我也粗魯，沒辦法。」

我用手點點她的頭，她乘勢捉住我的手，用頭枕着，甜甜的向我笑起來。母女倆又在牀上賴了半日，我看時間不早，催她起身，她卻說：「媽媽，我想明白了，我告訴你，我們不要分開。現在我是小朋友，你照顧我，到我長大了，我照顧你，也不要分開。我們要永遠永遠在一起，好不好？」

「當然好，好極了。這叫做但願人長久，千里共嬋娟。」我滿嘴答應，飄飄然。

窗外已有濛濛的月亮影兒，這個午覺，睡得真長。

《兒女經》補遺

整理舊稿時，撿出了幾篇短文，寫於一九九七年，應是上一本書《兒女經》的文章，當時沒收入，現在併入本書，作補遺。

黃金歲月

一位家長說把女兒送到某間幼稚園的原因是：這幼稚園的功課不多，她女兒在學校四年，開心了四年。

家長又說這學校的教育方法比較靈活，極內向的學生也可以調教得活潑起來。

這正是我心目中的理想學校。

不管將來升讀小學之後，是否要被迫接受填鴨式教育，但是可以開心的話，為甚麼不讓孩子有機會開心幾年？

有的家長生怕孩子跟不上名校的入學標準，或者即使進了名校，又會跟不上程度較深的功課，於是早在幼稚園期間便動腦筋，務要孩子四歲開始預習小一課程，到了六歲幼稚園剛畢業，已有了小二學生的語文和算術水平，可是即使憑此進入名校，卻又如何？孩子可能小小年紀已加上一副近視眼鏡；可能因被督促過甚，心裏已經厭倦讀書上學做功課，進了名校成績反而一瀉千里；又或者高壓政策成功，孩子果然在升讀小一時已經有小二學生的基礎，但是他又不能一步跳上三年級，他還不是要循序漸進，與其他同學一樣，從最基本的起跑線開始邁步？

要讀書，喜歡讀書，自有以後十幾年、幾十年的挑燈夜讀、寒窗苦讀的生涯等着他呢，何必急不及待的，種子剛萌芽，稍為冒出一點點綠色，便揠苗助長。

正式入讀小學後，壓力與煩惱自會與日俱增，我們身受過的，孩子亦不能倖免，這樣一想，更不願意她的幼稚園生活有一點點委屈辛苦了。幼稚園生活麼，就讓她自由自在，吃喝玩樂度過好了，也許這幾年光陰，正是她一生裏最無憂無慮的黃金歲月哩。

不要考第一

小姨甥去年的學期成績在十名之內，上學年度，她考了個第四名，我說好了好了，並叮囑吾妹別把她迫得太緊。

日前，小姨甥喜孜孜的報告她考了第二名。小小姨甥一旁聽了，搶着說：「我考第三，下一次要考第二。」說時表情不甘，臉帶委屈，好像做了錯事。

我總不能說考第四名有獎，第三名沒有，第二名要罰，千萬別給我考個第一。我用眼語責問吾妹，吾妹說：「我沒有強迫她，她自己考成這樣子，我有甚麼辦法？難道要老師扣她的分，降低名次？」

孩子喜歡讀書，考試拿到好名次，做長輩的不知該歡喜還是憂愁。回想自己做讀書郎的時代，每次考試都要為名次擔心，考在十名之內都被父母哼一句：「有甚麼了不起，又不是第一！」搞到不知多自卑。

讀書成為活受罪，考試如同行酷刑，那時候幸而不流行學童自殺，否則鬼門關內不知添了多少無辜冤魂。

記得有一次派了成績表，坐我旁邊的同學翻開一看，臉就紅了，嘭一聲把書桌板蓋拍下，提了書包衝出課室，然後有兩天沒上課，據說病了。去探望她，她青白着臉嗚嗚咽咽的哭：

「我媽說是老師偏心，故意壓我的分數，這學校我不要再讀了。」她考了個第三。後來，她果然轉學校了。

此後半生，她在各種事情上一直爭第一的名次，可惜人生各個階段，原來只有在學校讀書考試要爭第一最為容易，她精神緊張，瀕臨崩潰，但是仍然想不明白。

保護牙齒

報道說幼兒長期用奶瓶喝奶會引起蛀牙，隨着文字報道的，是一張教人看了害怕的圖片，才只有兩歲多的BB仔，居然滿口被蛀蝕得又黑又髒又殘破不全的爛牙，醫生要向BB仔做全身麻醉，才能把這口爛牙連根拔掉。

我把這張「情況惡劣」的圖片剪下來，貼在當眼處，目的是讓女兒有所警惕，因為直到今天，她臨睡前還要喝一瓶奶，喝奶是好習慣，但是用奶瓶喝就後患無窮。我把道理跟她說了，她看看那張觸目驚心的圖片，也明白了，於是有好幾天晚上，臨睡前的宵夜牛奶，就棄奶瓶改用杯子。

可是，日裏喝水喝奶喝湯用甚麼器皿都沒有問題，就是這睡前的一瓶奶，本來是洗了臉換了睡衣蓋好被子舒舒服服躺在牀上啜飲的，自從改為坐在餐桌旁邊用杯子喝以後，女兒就不那麼容易睡得着覺了。

她在牀上輾轉反側，一會兒抓頭一會兒摸耳朵，又會強閉眼睛要自己睡覺，偏偏眼皮郁動，愈要闔上眼愈是睡不着。看她那模樣，正是粵語所謂「周身唔聚財」。問她肚餓嗎？不餓。要聽故事嗎？聽音樂嗎？都要。只是聽了還是無效。如是者三、四晚後，一天，又到了上牀時候，她說：「媽媽，我還是BB仔，等我長大了才用杯子喝奶好不好？」

「嗄，你不是常說自己是大個女嗎？」

女兒不好意思，臉紅紅的說：「這樣好嗎，我用奶瓶喝奶，喝完後用杯子喝水漱口，這樣牙齒乾淨了，不會蛀牙了。」

虧她想出這折衷辦法來，不聽也不行，總不能讓個三歲BB鬧失眠吧，好，暫時聽她的。

爸爸的好夢

放假日，早起的女兒照樣早起，隨着太陽伯伯露出紅臉蛋，她已在牀上唱歌伸拳踢腿，家人只得齊齊起牀。女兒問爸爸甚麼時候去游泳，爸爸神情有些失落，埋怨女兒驚醒了他的美夢。

美夢？原來爸爸一連做了兩個與女兒有關的夢，一個讓他心驚肉跳；一個讓他甜絲絲的笑出來。

先說惡夢，一家三口坐小巴，上了車才發覺女兒留在站上，喊司機停車，司機不理，終於制止了司機開車，趕忙下車折回頭去找女兒，女兒卻不見了，爸爸張皇呼叫，在一身冷汗裏醒過來。還好，女兒在身邊睡得香甜，天沒亮哩，好彩只是個夢。

爸爸放心的又睡去了，這次做的夢是一家三口逛街，東看看西望望，回頭跟女兒說幾句。女兒不要爸爸抱了，爸爸跟她說話也不再彎下腰了，原來女兒已長到爸爸肩頭的高度了，爸爸說：「呀，你大個女了……」話未說完，就被女兒在耳邊大呼小叫吵醒了。睜眼一看，女兒小手小腳小腦袋，還是個小的篤，只有嗓門大，連聲叫爸爸起來。

爸爸懊惱地點着女兒額頭說：「你這個小傢伙，讓爸爸多睡一會兒不好，爸爸夢見你和爸爸一樣高哩。」女兒可不管爸爸做甚麼好夢惡夢，只抱着爸爸的腿，扭着要爸爸帶她游泳去。

媽媽開口了，「你快起來陪她玩樂去，就因為她還是個小人兒，才會黏着你不放，要她真有你一樣高了，看她還會扭着你纏着你？她只求你別煩着她哩，那時候你再去做你的春秋大夢吧。」

後語

檢閱本書原文，修正錯別字的同時，也實實在在的把自己的心理時間拉回到許多年前——小女還是幼兒時，例如一起去雜貨店買藤條，售貨員氣憤的神情和語氣；例如游泳教練一定要女兒回到BB池，她看着我，一臉的不甘心，眼淚簌簌的流；例如當她穿上粉紅色綴着玫瑰花的篷篷裙，她的喜孜孜，我的甜絲絲，母女倆都掉進蜜糖缸裏；當然還有在溜冰場上，她牽着我的手慢慢的走，一跌再跌的我，當時的痛，現在還有感覺……，往事歷歷，好像是昨天的事。

恍如昨日，清清楚楚，卻已過了廿多年，都說作文不要濫用四字詞，可我除了光陰似箭日月如梭，再也想不出更好的言語，說明不經意間的時光流逝，也說不好驀然回首的詫異與驚疑，昨日聲稱「我大個女啦」的她，今日果然大個女了。「大個女」的她，四分一世紀以來與她母親有時是如膠似漆，有時是同處一室的刺蝟，這恩怨情仇又豈是詩詞裏的流年換朱顏改，可以說得清。

兒女成長，父母老去，自是必然；兒女羽翼已豐，振翅高飛，父母目送，唯有祝福，又是必然，這必然的過程是一生一世的長路，好在花香滿徑，盡是甜蜜溫馨，這，豈能不感謝蒼天。

本書收錄的文章，都曾在《星島日報》副刊發表，從一九九八年七月到一九九九年八月，這副刊叫「安樂窩」，版面撰文的都是人父人母，細說養兒育女心得，記得當時還收過好些讀者信，說甜道苦，互相交流，到底是喜樂多，苦惱少，天下父母心，原都一樣。

蘇軾希望孩子無災無難到公卿，然而今時今日，公卿不做也罷，無災無難最要緊，在此祝願所有的父母子女，都能平平安安，喜悅自然來。

二〇二一年四月十二日

本創文學48

月亮燈燈

作　　者：李洛霞
責任編輯：黎漢傑
校　　閱：何禮傑
封面設計：Sing Wong
法律顧問：陳煦堂 律師

出　　版：初文出版社有限公司
電郵：manuscriptpublish@gmail.com

印　　刷：陽光印刷製本廠

發　　行：香港聯合書刊物流有限公司
香港新界大埔汀麗路36 號
中華商務印刷大廈3 字樓
電話 (852) 2150-2100 傳真 (852) 2407-3062

臺灣總經銷：貿騰發賣股份有限公司
地址：新北市中和區中正路880號14樓
電話：886-2-82275988
傳真：886-2-82275989
網址：www.namode.com

新加坡總經銷：新文潮出版社私人有限公司
地址：71 Geylang Lorong 23, WPS618 (Level 6), Singapore 388386
電話：（+65）8896 1946 電郵：contact@trendlitstore.com
網店：https://trendlitstore.com

版　次：2021年6月初版
國際書號：978-988-75149-5-4
定　價：港幣98元 新臺幣300元

Published and printed in Hong Kong

香港印刷及出版

香港藝術發展局
Hong Kong Arts Development Council 資助

香港藝術發展局全力支持藝術表達自由，本計劃內容不反映本局意見。